聖夜のおでん

食堂のおばちゃん⑫

山口恵以子

ハルキ文庫

角川春樹事務所

本書の第一話から第四話は「ランティエ」二〇二二年二月号～五月号に、連載されました。第五話は書き下ろし作品です。

目次

聖夜のおでん

食堂のおばちゃん12

第一話 初夏のサラダ祭り

釜《かま》の蓋《ふた》を開けると、乳白色の湯気がフワッと立ち上る。一瞬遅れて、炊きたてのご飯特有の甘やかで、そしてどこか花のような爽《さわ》やかさを交えた香りが鼻腔《びこう》をくすぐる。湯気の下から現われるのは、真珠色に輝く粒の海だ。「銀シャリ」と言うけれど、二三《ふみ》は炊きたてのご飯を目にするたびに、真珠を連想してしまう。

二本の杓文字《しゃもじ》を操って、釜から保温ジャーへとご飯を移してゆくと、最後には釜の底にほんのり焦げ目の付いたご飯が残る。研いでから充分に水を含ませてガス釜で炊いたご飯は、炊飯器とはひと味違う。お焦げが出来るのも直火《じかび》炊きならではだ。

ここからは一子《いちこ》の出番となる。手早く塩と煎《い》りゴマを振り、刻んだ大葉も混ぜて、おにぎりを四個結ぶ。

「はい、どうぞ」

杓文字に載せて差し出す相手は二三と……万里《ばんり》ではない。新しくはじめ食堂のメンバーに加わった青木皐《あおきさつき》だ。

「さっちゃんは二個ね。若いんだから」

「いただきま～す」

皐は遠慮せずに両手でおにぎりを受け取り、左右交互に口に運ぶ。二三と一子が一個を食べるスピードと、皐が二個を平らげるスピードはほとんど変らない。

「ごちそうさま！」

皐は指に付いたご飯粒をしゃぶり取ると、水道で手を洗った。それから三人でほうじ茶を一服する。はじめ食堂では炊き上がったご飯をジャーに移すまでに、開店準備はほぼ完了しているので、ちょっぴり余裕があるのだった。

「それにしても、一子さんのおにぎりはどうしてこんなに美味《おい》しいのかしら。自分で同じ材料で握っても、同じ味にならないのよ」

「瑠美《るみ》先生によれば、お姑《かあ》さんは毎日糠味噌《ぬかみそ》をかき回しているので、手に乳酸菌が付いてるらしいの。そのせいじゃないかって」

「なるほど。糠漬《ぬかづ》けは乳酸菌なのよね」

瑠美先生とは人気の料理研究家菊川《きくかわ》瑠美のことで、近所のタワーマンションに住んでいる。はじめ食堂の夜のご常連だ。

一子がチラリと壁の時計を見て、湯飲み茶碗《ぢゃわん》を置いた。時刻は十一時二十七分。

「さっちゃん、スタンバイ、お願い」

「準備中」

「はい！」

皐は本日のランチメニューを書き出した黒板を店の外に出し、戸口に掛けた「準備中」の札を裏返して「営業中」にした。

表にはすでに開店待ちのお客さんが五人列を作っていた。

「お待たせしました。ご来店、ありがとうございます」

皐は笑顔でガラス戸を開け放ち、お客さんを招じ入れた。

すると、それを合図のように、次々とお客さんが店に入ってきた。

「すみません、合席でお願いできますか？」

皐は二人で来店したサラリーマンに拝む真似《まね》をして頼んだ。四人連れなら一テーブルが埋まるが、二人や一人でテーブルを占領されたら効率が悪い。

「ああ、構わないよ」

ご常連はその辺の事情は察している。

「ありがとうございます。どうぞ、こちらのお席へ」

二人は先に席についた中年男性の向かいに腰を下ろした。皐はすぐにおしぼりとお茶を持って行く。

一人が黒板のメニューを見ながら尋ねた。

「ええと……今日の小鉢、なに？」

「ニラ玉豆腐と新ゴボウのきんぴらです」

「そっか。じゃ、俺《おれ》、メンチカツ」

「俺、回鍋肉《ホイコーロー》」

「はい、ありがとうございます」

皐はカウンターを振り向いて元気な声で復唱した。

「日替わりでメンチ一、回鍋肉一、お願いしま～す！」

「さっちゃん、牛丼、セットで！」

別のテーブルからも声がかかった。皐は溢《あふ》れんばかりの笑顔で「はい、ありがとうございます！」と応じ、再び注文を通した。

白い上着に白い前掛け、頭には白い三角巾《さんかくきん》という姿で、化粧はほとんどしていない。それでも持ち前の美貌《びぼう》と明るく華やかな雰囲気は、周囲を明るく照らしている。キビキビとした立ち居振る舞いで的確に注文をさばき、愛想《あいそ》は良いが無駄口は叩《たた》かない。働き始めてまだ半月ちょっとだが、すっかりはじめ食堂に溶け込んで、お客さんたちにも馴染《なじ》んでいた。

さっちゃんに来てもらって、本当に良かった。

二三は胸の裡《うち》で改めてそう思い、傍らの一子をチラリと見た。メンチカツを揚げている一子も、気持ちは同じで、小さく頷《うなず》き返した。

将来味噌汁メインの店を経営したい、そのために飲食店で経験を積みたいと希望する皐のことを考え、二三は接客を任せることにして、自分は厨房《ちゅうぼう》で料理に専念すると決めた。

ただ、味噌汁作りだけは皐に任せた。一人女将《おかみ》で店を切り盛りするなら、調理と接客のバランスが大切で、それは自ら体得するしかないと思ったからだ。二三の目論見《もくろみ》は成功したようで、皐は張り切って、ランチは万人向けに、夜に出すメニューはちょっと洒落《しゃれ》て個性的にと、味噌と具材を工夫して努力を重ねている。二三にはその姿が、まるで水を得た魚のように見えた。

今日のランチメニューは、日替わりがメンチカツと回鍋肉、焼き魚が鰆《さわら》の西京焼き、煮魚がカジキマグロ。ワンコインは牛丼。小鉢はニラ玉豆腐と新ゴボウのきんぴらで、味噌汁は若竹汁だ。漬物は一子自慢のカブの糠漬け（葉付き）。

これにドレッシング三種類かけ放題のサラダが付き、ご飯味噌汁はお代わり自由で一人前七百円。

もっと安い定食や弁当はあるが、手作りを心掛け、旬の味にこだわってこの値段は、かなり上の部類だと、二三は自負している。開店以来、ご常連に支えられ、困難や不測の事態、流行病《はやりやまい》に遭遇したときも、抜群のリピーター率でここまでやってこられた。

「さっちゃん、日替わりメンチね！」

お客さんから新たに注文の声が飛んだ。

「は〜い！」

ランチタイムの喧噪《けんそう》の中、皐の声が楽しげに響いた。

「こんにちは」

時計の針が一時二十分を指そうかという頃《ころ》、続けて二人、お客さんが入ってきた。ランチのご常連、野田梓《のだあずさ》と三原茂之《みはらしげゆき》だ。

「あたし、焼き魚」

「僕はメンチで」

二人とも席につくと迷うことなく注文を告げた。

三原は健康に気を遣ってサラダにはノンオイルドレッシングをかけているが、実は牡蠣《かき》フライ、ハンバーグ、カツカレーなど〝昔ながらの洋食〟が大好物で、メンチカツも外せないひと品だった。

梓は基本的に魚定食を選ぶ。スッピンに眼鏡をかけて、一見ベテランの女教師のようだが、実は銀座の老舗《しにせ》クラブのチーママだ。厳しい世界で長年現役を保《たも》っているのは、豊富な話題と座持ちの良さの賜物《たまもの》で、今日も早速持参の文庫本を開いた。日経新聞も購読しているという。

皐が二人のテーブルにほうじ茶とおしぼりを運んでいくと、三原が感心したように言った。

「皐さんは、すっかりお店に溶け込んだ感じだね」

「あら、そうですか」

皐が嬉《うれ》しそうに答えた。

「ほんと。もう、ずっと前からここで働いてたみたいな感じよ」

梓も本から目を上げて口を添えた。

「突然若い美人が入ったら、浮き上がるんじゃないかと思ったけど、全然そんなことなかったわね」

すると三原がカウンターの一子に目を遣《や》って、ニヤリと笑った。

「そりゃあ、この店は元祖〝佃島《つくだじま》の岸恵子《きしけいこ》〟がいるわけだから、美人とは馴染むんですよ」

「なるほど」

「三原さん、今日は半額にサービスしますよ」

カウンターの向こうから、一子もすかさず軽口を返した。

「日替わり、上がりました」

二三が定食の皿をセットして声をかけると、皐はすぐさま盆を手に取り、テーブルへ運んだ。

続いて梓の注文した鰆も焼き上がった。味噌の焼ける香ばしい匂《にお》いが客席へ流れ、梓は鼻の穴を膨らませた。

「ああ、鰆って、魚へんに春って書くのよねえ」

「でも、魚政《うおまさ》のおじさんは冬が旬って言ってたわ」

「関東はそうね。冬の鰆は産卵期前で、脂の乗りが良いから。でも、関西じゃ産卵期の五月ごろが旬って言われてるから、やっぱり春の魚よ。ま、これもお客さまの受け売りだけど」

梓を贔屓《ひいき》にする客は会社経営者や企業の重役を始め、学者、政治家から魚河岸《うおがし》の旦那衆《だんなしゅう》まで幅広いので、耳学問もかなりのものだ。

「確か、味噌汁は皐さんが作ってるんですよね？」

若竹汁の椀《わん》を手に、三原が訊《き》いた。

「はい。勉強のために」

「その割りに、あまり変らない……いや、これは褒めてるんですよ。僕は十年以上、一子さんの味噌汁で昼ご飯を食べてきたから、急に味が変ると困ったかも知れない」

「そこら辺はさっちゃん、ちゃんと考えてるんですよ。昼は習慣を大事にして、夜で冒険する」

皐に代わって一子が答えた。

「冒険というと?」

「七味を振った焼きネギの味噌汁とか、バターと胡椒《こしよう》を利かせた豚汁《とんじる》とか、擂《す》り下ろした山芋《やまいも》の味噌汁……昨日《きのう》作った新じゃがの味噌汁は、玉ネギのみじん切りとバターを落として食べるんですけど、ちょっと洋風で……」

一子は昨夜食べたその味を思い出し、言葉を切った。コクがあるのにしつこくはなく、玉ネギの仄《ほの》かなピリ辛味が良いアクセントになっていた。

「聞いていると、夜の味噌汁が飲みたくなってきた」

「あたしも」

三原も梓も、新たな食欲を刺激されてゴクンと喉《のど》を鳴らした。

「リクエストがあれば、昼もお作りしますよ。お二人がいらっしゃる時間は、店も余裕がありますから、どうぞ仰《おつしや》って下さい」

皐は笑顔で声を弾ませた。自分の料理を望まれて、嬉しくない料理人はいない。

時計の針が一時四十五分を回る頃、新たなお客が入ってきた。

「ちわ〜」

赤目《あかめ》万里だ。四月まではじめ食堂の筆頭料理人だった。皐とは中学校の同級生で、五年前に偶然再会してから親交が深まり、今日《こんにち》に至っている。

料理の道を究めたいと決意した万里が、はじめ食堂を出て板前割烹《かつぽう》「八雲《やくも》」で修業することになったとき、二三と一子の高齢者二人だけになってしまう店を案じ、ピンチヒッターに頼んだのが皐だった。皐にしても、気心の知れたはじめ食堂で働けるのは、願ってもないことだった。

「どう、修業の方は？」

挨拶《あいさつ》代わりに梓が訊いた。

「まあ、ぼちぼち。牛の歩み、みたいなもんっすね」

万里は会釈してテーブル席についた。ランチタイムの終わりに来店するのは退職してからの習慣になっていて、だから今も週に五日はみんなと顔を合せている。

「料理人の世界って、徒弟制度でしょ。蹴《け》り入れられたり、鍋が飛んできたりってないの？」

梓の質問に、万里は大きく首を振った。

「うちの親方、理性的なんすよ。理詰めで教えてくれるんで、こっちも何とか付いてけるっつーか」

「あら、料理人には珍しいかも」

そしてカウンターの隅に腰を下ろしている一子に目を向けた。

「ねえ、おばさんのご主人はどうだった？　怒鳴ったり殴ったりしなかった？」

一子はいささか憤然として断言した。

「うちの人は意地悪と弱いものいじめが大嫌いだったの。弟子を殴るなんて論外よ」

そして遠くを見る目になった。

「帝都《ていと》ホテル時代のことは知らないけど、ここで店を始めてから、弟子に怒鳴ったこともないわ。あの人、背が高くてすごく喧嘩《けんか》が強かったから、ひと睨《にら》みするだけで、みんな言うこと聞いちゃったのね、きっと」

そう語る一子の目は、まるで星が浮かんでいるように輝いた。

「ごちそうさま」

梓は食後のほうじ茶を飲み干し、財布を取り出した。三原も後に続いた。

「じゃ、またね」

「おつかれっす」

二人が出て行くと、万里は厨房に入って余った料理を皿に盛り付けた。ランチタイムの終了間際に来るのは、二三たちと賄いご飯を食べたいからだ。もちろん、客としてちゃんと料金は支払う。

「メンチと回鍋肉か。そそるなあ」

万里は嬉しそうに箸《はし》を伸ばした。和食の修業をしているというのに、シラスからマグロまで、尾頭付きの魚は食べられない。しかし貝類や甲殻《こうかく》類、イカ・タコ・ウニ・イクラなど、魚以外の魚介類は大好物だった。

「高い寿司《すし》ネタは食べられるのよね」

二三はそう言ってからかったものだ。

「俺は順調だけど、青木の方は？」

「私も順調。お客さんも好《い》い人ばかりで……」

皐はそこで一瞬間を置いてから先を続けた。

「夜のご常連さんたちとは前から顔見知りだし、全然心配してなかったわ。でも、ランチのお客さんとはほぼ初対面でしょ。中には抵抗感じる人もいるんじゃないかって、ちょっと不安だった。でも、杞憂《きゆう》に終わったみたい」

「さっちゃんの人柄よ」

二三はきっぱりと言って一子を見た。一子も大きく頷いている。

正直、二三も当初は少し心配だった。日本は古来、同性愛の文化があって、今も芸能界では「オネエキャラ」のタレントが人気を得て活躍している。その人気を支えているのは主に女性ファンだ。

だから、ランチの女性客は皐を受け容《い》れてくれると確信していた。しかし、男性は女性より保守的だ。過半数を占める男性客がどんな反応を示すのか、蓋を開けてみるまで二三にも分らなかった。

結果は上々だった。男性客の多くは皐を普通に「美人で感じの良い新人」と思っている様子で、性同一性障害に気付いているらしい人も、余計な詮索《せんさく》はせずに普通に対応してくれている。ひとえに、真摯《しんし》に一生懸命働いている姿を見たからだろう。

「私ね、人はお店を選ぶけど、お店も人を選ぶんだなって、しみじみ感じたわ。はじめ食堂にはいやなお客さんって、いないもの」

皐の言葉に、二三の胸は奥の方から温かくなった。見れば一子も万里も同じ気持ちらしい。その目が感謝と誇りで輝いている。

「ありがとう、さっちゃん。この店のことをそんな風に思ってくれて、嬉しいわ」

「だって、ほんとのことだもの」

「さっちゃんの言葉、孝《こう》さんと高《たかし》にも聞かせてあげたいねえ」

一子は再び遠くを見る目になった。亡き夫孝蔵《こうぞう》と始めたはじめ食堂。洋食の名店だったはじめ食堂。孝蔵が急死して息子の高と再出発した、家庭料理のはじめ食堂。その高亡き後、嫁の二三と二人三脚でやって来て、七年弱前に万里が加わり、ちょっぴりお洒落になったはじめ食堂。今また、新しい道に踏み出したが、その全《すべ》ての足跡が今に繋《つな》がっている……。「いやなお客さんが一人もいない」店がはじめ食堂の集大成だとしたら、何と嬉しく誇らしいことだろう。

「あ〜、ごっつぁんでした」

万里が箸を置いて頭を下げた。いつの間にか時計の針は二時十五分を指している。

「さて、やっちまおう」

「了解」

万里と皐は立ち上がり、空いた食器を流しへ運んだ。二三と一子も手伝うが、若い二人は猛烈なスピードで洗い物を片付けてゆく。

万里は一皿の料金で料理を何種類も食べさせてもらう代わりに、後片付けを手伝う。それが終わると、「八雲」へ出勤するのだ。

「じゃあな」

片付けを終えると、万里は皐にキーを渡した。赤目家の家の鍵《かぎ》だった。

皐がはじめ食堂で働くことになったとき、ランチタイムと夜営業の間の休憩時間を何処《どこ》で過ごすか、万里が問題を提起した。ご近所に住む万里は家に帰って休めたが、皐は遠くの自宅マンションに戻る暇が無い。

「あら、私なら平気よ。喫茶店で時間つぶしたって良いし、眠くなったら食堂の椅子《いす》で仮眠するから」

「青木、食堂、舐《な》めんなよ。結構重労働だぜ。しっかり昼休み取らねえと、身体《からだ》が続かねえぜ」

「じゃあ、私達と一緒に、二階で休めば良いじゃない」

二三の提案を、万里は人差し指をメトロノームのように振って一蹴した。

「おばちゃん、家族だって朝から晩までずっと顔つき合せてたらゲップが出ちまうのに、赤の他人が無理だって。ちょっとで良いから、一人でのんびりする時間が要《い》るんだよ」

万里の言うことはもっともだった。しかし、それではどうしたら良いのか、二三と一子は困って顔を見合せた。

すると、万里が得意気に鼻をうごめかせた。

「俺ん家で休憩しろよ」

「えっ？」

皐と二三と一子は同時に声を上げた。

「うちの親は二人とも夜まで帰ってこないし、俺はここで賄い食ったら出勤する。つまり、家は無人のわけ。だから青木、気兼ねなくのんびり出来るぞ」

万里の両親は教育者で、それぞれ別の学校に勤務している。

「でも、悪いわ、そんなこと」

「何処が？　留守番してるのと同じだろ」

「でも……ご両親はきっと、迷惑だと思うわ」

「全然。青木に二時間留守番してもらうって言ったら『あら、悪いわねえ。うち、宅配便が多いから、よろしく言っといてね』だって」

あっけらかんとした物言いに、二三も一子も笑いを誘われた。

「さっちゃん、お言葉に甘えましょうよ」

「そうしましょうよ。万里君の家なら近いし、安心よ」

皐は素直に頷くと、万里に向かって深々と頭を下げた。

「ありがとう。ご厚意、ありがたくいただきます」

こうして、皐は万里の家で休憩することになり、鍵は食堂から帰る途中で返却することに決まった。

「じゃ、失礼します」

皐は鍵をポケットにしまうと、軽く頭を下げて出て行った。

二三と一子も店の鍵を閉めて、二階へ上がった。


「いや〜、参ったよ」

午後営業の口開けは辰浪康平《たつなみこうへい》だった。いつになく浮かない顔で、入ってくるなりぼやきを漏らした。

「どうしたの？」

おしぼりとお通しのそら豆の皿を出して、二三が訊いた。

「健診の結果がさ、良くないんだ」

「康平さん、健康診断なんか受けてたの？」

「三年前から。親父《おやじ》とお袋がうるさいんで、仕方なく」

康平はそら豆を一粒口に放《ほう》り込んで言った。

「血糖値と中性脂肪が去年より上がっててさ。上限ギリギリ」

「あら、まあ」

「意外ね。康平さん、前と全然変らないのに」

「ありがとう、さっちゃん。どうやら老化の波は、見えないところから寄せてくるらしい」

二三も改めて康平を観察した。血色は悪くないし、それなりに健康そうだが、確かに以前に比べて、少し腹回りに肉が付いたようだ。

二三の視線に気がついて、康平は腹をさすって情けなさそうな顔をした。

「体重、去年より三キロ増えてた」

「でも康ちゃん、近頃は瑠美先生の影響で、うちで食べる料理、野菜が増えたわよね。どうして太ったのかしら？」

一子が腑《ふ》に落ちない顔で首を傾《かし》げると、康平は文字通り、胸に手を当てて考え込んだ。

「もしかして、昼かなあ」

二三と一子と皐は答を待って身を乗り出した。

「俺、朝は昔から変らないんだよ。ご飯軽く一膳《いちぜん》と味噌汁、漬物と佃煮《つくだに》くらいで。ところが最近、つけ麺《めん》にはまっちゃってさ。月島《つきしま》に『見栄坊《みえぼう》』って店、あるでしょ。週に三回、多いときは五回も行ってんだよね」

「原因はそれね」

迷うことなく皐が言った。

「つけ麺って、スープ麺に比べて麺の量が多いのよ。スープが少ない分、麺を増やしてるのね。スープ麺は百グラムから多くても二百グラムくらいだけど、つけ麺って、三百グラム以上出す店もあるのよ。ましてつけ汁が豚骨とかの脂こってり系だったら、そのカロリーは天井知らずよ」

皐が天井を指すと、康平は「恐ろしや〜！」と叫んで自分の両肩に手を回した。

「お待たせ！」

そこへ入ってきたのは料理研究家の菊川瑠美だった。康平とは現在進行形のカップルだ。

一同は一斉に瑠美を凝視した。

「皆さん、急になに？」

「まさに灯台もと暗し」

二三がポンと手を打った。

「先生、康平さんの一大事です。救えるのは先生しかいません！」

「どゆこと？」

瑠美はわけが分らず、康平と二三たちの顔を見回した。

「康平さん、健診の結果、血糖値と中性脂肪がヤバいんです。体重も三キロ増えたんですって」

「毎日お昼にこってり系のつけ麵食べてるんですよ」

「先生の前じゃ野菜料理食べてるのに、呆《あき》れたもんです」

二三、皐、一子は順ぐりに瑠美に〝告げ口〟した。康平は面目なさそうに項垂《うなだ》れている。

「そりゃあ、つけ麵と手を切るしかないわね」

瑠美は笑いをかみ殺しながら、康平の隣に座った。

「分っちゃいるんだけど……」

「でも、身体には今から気をつけた方が良いと思うよ。これから先、若くなるわけじゃないんだから」

二三は真顔で忠告した。自身の経験では、四十歳を過ぎてから〝○○の曲がり角《く》〟現象が次々に起こった。康平も今から備えておかないと、いつか大きなダメージを喰らうかも知れない。

「……分った。心を鬼にして、つけ麵とは別れるよ」

「そうそう。それが良い」

「つーことで、俺、取り敢《あ》えず小生《しょうなま》」

「私も」

瑠美はおしぼりで手を拭きながら、思案顔になった。

「でも、無理して好きなものを断つとストレスになって、ある日突然ドカ食いしたりするのよね」

「ああ、ありそう」

二三は小ジョッキに生ビールを注《つ》ぎながら頷いた。

「ふと思ったんだけど、康平さん、お昼にカレー食べたらどうかしら？」

「カレー？」

「嫌い？」

「好き、好き。カレーの嫌いな日本人って、ほとんどいないよ」

二人は乾杯して生ビールに口を付けた。

「先生、どうしてカレーなんですか？」

お勧めメニューを書いた黒板を掲げて皐が訊いた。

「あのね、何かで読んだんだけど、カレーの食味評論やってる人がいて、一年三六五日、毎日カレーを食べてたんですって。ところがジャンルをラーメンに変えて、毎日ラーメンを食べるようになったら、一年で十キロ近く太ったそうなの」

「まあ」

「カレーって、スパイスをたくさん使うでしょ。そこに新陳代謝を促進する効果があって、カロリーが高い割りにはあまり太らないらしいのよ」

「なるほど」

「それに、毎日つけ麵食べてた人が、急に雑炊や山菜そばにチェンジしたら、物足りなく感じると思うのよね」

康平が我が意を得たりとばかりに、ジョッキをテーブルに置いて何度も頷いた。

「その通り！　午前中の配達終わると、腹減っちゃって。ビールケースの上げ下ろしって、結構体力使うんだよね」

「だからね、康平さん」

瑠美は康平の方を向いて、熱のこもった口調で言った。

「まず初めに必ず野菜サラダを注文して、サラダを食べ終わってからカレーを食べてね。ベジファーストにするだけで、体重も血糖値も中性脂肪も変ってくるはずだから。それと、ご飯大盛りはなし」

「はい、分りました」

康平も真面目《まじめ》くさって答えた。

「というわけで……」

瑠美は黒板のメニューに目を移した。

「まあ、康平さん、今日はあなた向きのメニュー満載よ。初夏のサラダ祭りだわ！」

瑠美は嬉しそうに声を上げ、再び康平を振り向いた。

「まずは新じゃがとタコの温サラダ搾菜《ザーサイ》ダレ、四川《しせん》風コブサラダ、キュウリのエスニック炒《いた》め……これは一種の温サラダよね。それと牛肉と筍《たけのこ》のサラダ？」

瑠美は皐を見て、黒板のメニューを指さした。

「これはもしかしてタイ料理の、ヤムヌアウアガップノーマイ？」

皐は突然のタイ語に目を白黒させた。

「あ、あの、正式名称は知りませんが、タイ料理です。牛肉をココナッツミルクで煮てあります。『ｄａｎｃｙｕ』で見て、おいしそうだったんで、やってみようと」

「良いわね。何事も挑戦よ。それと、豚肉とキクラゲの中華炒めでももらいましょうか？」

康平はすっかり畏《おそ》れ入って、神妙に頷いた。

「それで、シメは筍ご飯と、さっちゃん自慢のお味噌汁ね」

瑠美はあっという間に注文を決め、生ビールのジョッキを傾けた。康平に何の不満もないことは、顔を見れば分る。

新じゃがとタコの温サラダも、作り方としては炒め物だ。茹《ゆ》でた新じゃがとタコ、長ネギをオリーブオイルでさっと炒め、刻んだ搾菜と酢と醤油《しょうゆ》を混ぜ合せたソースを回しかける。ニンニク風味で炒めたところまではイタリアンだが、搾菜ダレをかけると中華料理に変身するのだ。

「タコとジャガイモのサラダって、初めて食べるかも」

康平は湯気の立つジャガイモとタコを箸でつまみ、口に入れた。

「ああ、ビールに合う！」

「ジャガイモのホクホク感とタコのムチムチ感が絶妙！」

瑠美もそう言ってジョッキに残ったビールを飲み干した。

「次、何行く？」

「今日は中華とエスニックがメインだから、やっぱりビールかしら」

「おばちゃん、中生、二つね」

次に登場したのは四川風コブサラダ。乱切りにしたトマト・アボカド・茹で卵と、茹でた鶏《とり》のモモ肉、ミックスビーンズに豆板醤《トウバンジャン》ベースのソースをかけ、仕上げに粉山椒を振った料理だ。清々《すがすが》しいピリ辛味が四川風で、食欲を刺激する。熱々の鶏肉と他の具材が混じり合い、ほんのり温かくなって食べやすい。

「これはサラダって言うけど、ご飯にも合うね」

「食べ応《ごた》えもばっちりだわ」

そしてピリ辛味はビールが進む。

「あ、きたきた、キュウリのエスニック炒め！」

皿を前に、瑠美が小さく手を叩いた。

「日本じゃやらないけど、炒めたキュウリって、結構イケるのよ」

皮を剝《む》き、種を除いたキュウリを乱切りにして、しいたけ、薄切りのレモンと炒めてナンプラーとゴマ油で作った甘辛いソースをかける。ソースには刻んだ干しエビも入っているので、炒めると海老《えび》の香ばしさが際立つ。まさにエスニックの醍醐味《だいごみ》だ。

「キュウリって、皮を剝いた方が香りが立つみたいだな」

「ホントね。すごく爽やかだわ」

瑠美は職業柄エスニック料理にも親しんでいるが、康平にとってはまだまだ物珍しい味だ。

「お待たせしました。牛肉と筍のサラダです」

名前はサラダだが、牛肉が主役だった。皿の中央にこんもり盛りつけられた薄切り牛肉の脇《わき》に、三センチ幅にスライスされた筍が添えられている。まだ湯気の立つ牛肉を口に入れると……。

「……未知との遭遇」

康平が溜息《ためいき》交じりに呟《つぶや》いた。

牛肉は、ココナッツミルクで煮てからローストチリペースト、ナンプラー、砂糖、ライム果汁で味付けしてある。ココナッツミルクの甘さ、ナンプラーの魚醬《ぎょしょう》の旨味《うまみ》、チリペーストのピリ辛にライム果汁の爽やかな酸味が加わって、複雑な旨さを作っていた。

「すごく変ってる……でも、美味《うま》い」

「ライムの酸味で、サラダっぽさが出るのよね」

瑠美は筍のスライスと牛肉を一緒に口に入れた。

「このローストチリペーストがくせ者でね。唐辛子の他に発酵海老とタマリンド、生姜《しょうが》なんかが入ってるの。ほら、トムヤムクンにも入ってるわ」

康平がパチンと指を鳴らした。

「言われてみれば、トムヤムクンと相通じる味が……！」

ローストチリペーストは別名チリインオイルとも呼ばれ、タイ語ではナムプリックパオ。タイではスープの他、炒め物やカレーの調味料としても使われている。

「どれもけっこう食べ応えあるなあ。俺、四川風コブサラダとご飯で、昼飯にしてもいいや」

瑠美が皐に向かってぐいと親指を立てて見せた。

「さっちゃん、すごいじゃない。つけ麵をやっつけたわよ」

「先生に褒められると、自信になります」

二三もふと思い付いた。

「ねえ、サラダランチってありかも知れないわね。おかずサラダとご飯と味噌汁のセット。

女性のお客さんには受けるんじゃない？」

皐がパッと目を輝かせると、一子も身を乗り出してきた。

「ねえ、さっちゃんの始めるお店にも使えないかしら？　味噌汁とサラダの店って売りで」

「あ、それ、良いかもしれない」

皐が声を弾ませたとき、お客さんが入ってきた。初めて見る男性二人連れで、一人は四十そこそこ、もう一人は二十代前半に見えた。

「いらっしゃいませ。どうぞ、お好きなお席に」

はじめ食堂の三人は笑顔で挨拶し、テーブル席を勧めた。客たちは腰を下ろすと、ぐるりと店内を見回した。

「お飲み物は何になさいますか？」

皐がおしぼりとお通しを出してから訊くと、年上の客はぶっきらぼうに「中生二つ」と注文した。

生ビールの中ジョッキを出してから、皐はお勧めメニューを書いた黒板の近くに立った。

年上の客はジロリと黒板を一瞥《いちべつ》すると、露骨に顔をしかめた。

「普通のメニュー、ないの？」

「定番はメニュー表に載っておりますので、どうぞ」

皐はそれでも笑顔を作り、テーブルのメニュー表を指してカウンターに引っ返した。戻ってきた皐は目顔で二三に「筋の良い客じゃない」と合図した。

二三も一子も同感だった。年上の方は虫の居所が悪いのか仏頂面で、若い方は居心地悪そうに肩をすぼめている。仕事の上で何か都合の悪いことでもあったのだろうか。会話もなく、互いに押し黙ったままジョッキを傾けている。

年上の客がカウンターの二三を見て手を挙げた。

「ポテサラと肉じゃが、ニラ玉」

「はい、ありがとうございます」

同じジャガイモメインの料理だが、ポテトサラダはメークイン、肉じゃがは新じゃがを使っている。その違いを分ってくれたなら嬉しいが、単に居酒屋の定番メニューを注文した感じだった。

それから十分ほどの間に、ご常連さんが三組続けて入ってきて、テーブル席はほぼ埋まった。

みんな、黒板に書かれたお勧めメニューを見て目を丸くした。

「どうしたの、このサラダの群れ?」

「新作なんです。ちょっと試してみて下さい」

「そうだなあ……じゃ、新じゃがとタコの温サラダね」

「ねえ、ヤムウンセンはないの？」

「それは次のお楽しみで」

「さっちゃん、商売上手《うま》いよねえ」

たちまち店内はあちこちで会話が生まれ、活気に溢《あふ》れてきた。

「お待たせしました」

先客の二人のテーブルに、皐がニラ玉の皿を持っていった。すると年上の方がジロリと皐を見上げて、バカにしたように鼻にシワを寄せた。

「フン、この店はメニューも変ってるが、店員も変ってるな」

そしてわざと他のテーブルにも聞こえるように声を高くした。

「あんた、おかまか？」

一瞬、他の人たちは息を呑《の》み、店内は水を打ったように静まりかえった。と、皐が明るい声で答えた。

「はい、そうなんです。こちらでお料理の勉強をさせてもらってます。よろしくお願いします」

だが、男は更に追い打ちをかけた。

「じゃあ、店の看板も変えたらどうだ？　〝おかま居酒屋〟とか」

康平も瑠美も顔を強張《こわば》らせた。二人とも温厚な性格だが、目の前で皐が侮辱されているのに、黙ってはいられない。

「ちょっと……」

康平が椅子から立ち上がるより早く、一子がカウンターから出てつかつかと男のテーブルに歩み寄った。

「お客さん、どうぞお引き取り下さい」

男は険悪な目で一子を睨んだ。

「なんだと?」

「お代は結構です。どうぞ、お引き取り下さい。他《ほか》のお客さまのご迷惑になります」

「それが客に向かって言う言葉か」

「あなたはお客じゃありません。店にはお客を選ぶ権利があります。あなたはこの店に相応《ふさわ》しくありません。さっさと出て行って下さい」

「このクソババア!」

男が腰を浮かせた瞬間、皐は男の胸ぐらをつかんでぐいと引き寄せた。男は皐より背が低かったので、足が宙に浮いた。皐は男を更に浮かせて、耳元で囁《ささや》いた。

「もう一度言ったらタマつぶすよ」

男は顔を真っ赤にして足をばたつかせるだけで、ほとんど勝負にならない。

「あなたのやったことは威力業務妨害と言ってね、立派な犯罪なんですよ。出て行かないと、警察を呼びますよ」

皐が手を放すと、男は後も振り返らず、一目散に店を飛び出した。残された若い男は申し訳なさそうにペコリと頭を下げ、小走りに連れの後を追った。

一子は店の四方を見回して一礼し、晴れやかに告げた。

「皆さん、お騒がせしてすみませんでした。ゲン直しに、お店からワンドリンクサービスさせていただきます。お好きなお飲み物を仰って下さい」

お客さんたちはホッとしたように表情を緩めた。

テーブルを片付けてカウンターに戻ってきた皐は、神妙に頭を下げた。

「一子さん、二三さん、ごめんなさい。私のせいでご迷惑をかけて」

一子と二三は同時に大きく首を振った。

「さっちゃん、謝らないで。あなたは何も悪くないわ」

「あの男が異常なのよ」

吐き捨てるように言ってから、二三は言葉を継いだ。

「でも驚いたわ。今の日本に、あそこまで悪意に満ちた人間がいるなんて」

瑠美もカウンターから口を添えた。

「私もよ。普通じゃ考えられないわ」

「ただ、現にヘイトスピーチやってる人たちもいるから……」

皐の意見はもっともだが、二三はそれでも腑に落ちなかった。

「ヘイトスピーチとかデモは、集団に対してでしょ。個人的な恨みでもあるならともかく、誰《だれ》かひとりに対してここまで攻撃的になるなんて」

言いかけて、皐の顔を見直した。

「さっきの男に見覚えある？」

「全然」

皐は首を振りかけたが、ふと眉《まゆ》を寄せた。

「若い方は、何となく見たことあるような気が……」

そして、じれったそうに拳《こぶし》を握りしめた。

「ああ、思い出せない！」

皐に、そしてはじめ食堂に降りかかった災難は、それだけでは終わらなかった。

翌日の金曜日、飲食店の一番のかき入れ時〝花金〟の夜のことだ。

七時過ぎに三人組の男性客が入ってきた。みんな初めて見る顔で、サラリーマンでないのは服装で分った。

「中生三つ」

迷うことなく飲み物を注文すると、額を寄せてメニュー選びにかかった。

「なになに、サーモンの抹茶クリームチーズカナッペ？　珍しいもんがあるな」

「春野菜の天ぷらは食っとこう。あと、串《くし》カツ」

「あ、マグロのりゅうきゅうがある」

「何だよ、それ？」

「俺の故郷大分の料理。出汁《だし》茶漬けで食うと美味いんだ」

りゅうきゅうは刺身を甘辛いタレに漬けた料理で、刺身でも丼でも出汁茶漬けでも食べられる。

一人が黒板のメニューを指さして皐に訊いた。

「この、チョップドサラダって、どういうの？」

「コチュジャンベースのタレに漬けたマグロと、オクラ・納豆・長芋・キムチ・サニーレタスをざく切りにして、混ぜ合せた料理です。ネバネバ系で、ご飯に載せても美味しいですよ」

三人は顔を見合せた。

「いっとく？」

「そうだな。じゃ、それも一つ」

三人はその他にも高めの料理をあれこれ注文し、二杯目の飲み物は日本酒の純米吟醸《ぎんじょう》を選んだ。日本酒は二合ずつ三種類注文したので、料金ははじめ食堂としては結構な金額になった。

「お会計して」

客の一人が声をかけ、皐が会計伝票を持っていった。

「有限会社羽田《はねだ》設備工業で領収書、書いて」

一人が代表してキャッシュトレイに金を載せ、名刺を置いた。

釣りと領収書を用意してテーブルに戻ると、男は金と名刺をポケットにしまいながら、ジロジロと皐の顔を眺めた。

「あんた、『風鈴《ふうりん》』にいたメイだろ?」

風鈴は皐が働いていた六本木のショーパブで、店ではメイという芸名を使っていた。

「はい。ご存じでした?」

「前川《まえかわ》社長から聞いたよ」

前川という名を聞いた途端、皐の顔が強張った。

「あんたも大したタマだよな。社長から独立資金ごっそりせしめて、男の恋人に貢《みつ》いでやったんだって?」

皐は虚を衝《つ》かれたように目を見張った。突然根も葉もない言い掛かりを付けられて、返事に窮したのだ。

「女ならともかくおかまに欺《だま》されるなんて、社長も良い面の皮だよ」

「貢いだ男は金持ってトンズラしたそうじゃないか。ま、因果応報ってやつだな」

「金全部持ち逃げされて、仕方なく居酒屋でアルバイトってわけか」

三人は次々に言いつのった。まるで覚えてきたセリフを暗誦《あんしょう》するかのように、よどみなく。

「デタラメです」

やっと皐が口を開いた。

「いい加減なことを言わないで下さい」

「俺たちは全部、前川社長から聞いてるんだよ」

「真面目に働いて、その腐った性根を直すんだな」

二三と一子が駆けつける前に、三人は席を立ち、店を出て行った。

「さっちゃん」

皐は青ざめ、怒りに身を震わせていた。

店にいたお客さんたちは、みんな少しバツの悪そうな顔になっていた。嘘《うそ》か本当か知らないが、知らなくてもよいことを聞かされて、居心地の悪さを感じているのだ。

「やっと分りました。みんな前川の差し金だったんです」

皐がきっと目を上げた。

前川というのは風鈴の常連客で、皐にご執心だった。皐が飲食店経営の修業先を探していたとき、親切ごかしに店を紹介すると申し出て、よからぬことをしようとした輩《やから》だ。もちろん、皐に蹴りを入れられて引き下がったが。

「あのことを根に持って、嫌がらせしてるんです」

「何処まで根性、腐ってるのかしら」

二三は歯がみしたい気分だった。逆恨みするのも許せないが、自らは手を汚さず、手下を使って嫌がらせをさせるなど、言語道断だ。

「でも、そうするとますます厄介だね」

一子が眉をひそめた。

「誰が前川の手先か、あたし達には分らないし」

はじめ食堂はご常連さんが多いけれど、ご新規のお客さんだって来店する。そしてご新規さんは店の新陳代謝を支える、大切な方たちだ。無下にお断りするわけにはいかない。

皐が決意を込めて宙を睨んだ。

「私、明日、前川に会って話を付けてきます」

「ダメよ!」

二三と一子は同時に叫んだ。

「相手は理屈が通用する奴《やつ》じゃないのよ。何を話したって、無駄よ」

「そうよ、さっちゃん。イヤな思いするだけ損よ」

「でも、このままじゃ……」

皐は途中で唇を噛《か》んで言葉を呑み込んだ。

しかし、言いたいことは二三も一子も良く分っていた。はじめ食堂は料理とお酒だけでなく、店の雰囲気も売り物だった。気の置けないアットホームで居心地の良い雰囲気だ。異分子が紛れ込んで毒気を振り撒《ま》かれたら、その雰囲気が台無しになる。

一度や二度なら、お客さんも我慢してくれるだろう。しかし、そんなことが続いたら、きっと足を向ける気がしなくなる。居酒屋は他にも沢山あるのだから。

「さっちゃん、大丈夫よ」

一子は優しく微笑《ほほえ》みかけた。

「あわてないで作戦を練りましょう。必ず良い方法が見つかるわ」

「そうよ。私達が腐れ根性の前川に負けるわけないわ！」

二三がぽんと肩を叩くと、皐は黙って頷いた。瞳《ひとみ》がわずかに潤んでいた。悔し涙かうれし涙か、皐にも良く分らなかった。


翌日の土曜日、はじめ食堂はランチはなしで夜営業のみだ。

午後四時少し前に皐が出勤してきた。

「ねえ、サラダランチだけど、週明けの月曜にやってみない？」

二三は開口一番、新メニューを提案した。昨日のいざこざを忘れるには、仕事に集中するのが一番だ。

「そうですね。サラダはどれにします?」

「チョップドサラダは食べ応え抜群だけど、ニンニク使うでしょ。ＯＬさんは敬遠するかも知れないわ」

「それじゃ、焼きキノコのステーキサラダは?」

「賛成。外国産の牛モモ肉なら、高くないし」

文字通り、ステーキとソテーしたキノコのサラダで、葉野菜はクレソンをあしらう。外国産の牛モモ肉を使うのは、高タンパク低脂肪で、ダイエット志向者の強い味方だからだ。ご飯のおかずとしても充分に食べ応えがある。

「評判良かったら、色々出来ますね。お肉やお魚を使ったサラダなら、おかずにもなるし」

「夏に向けて、豚しゃぶサラダとか蒸し鶏のサラダなんか、美味しそう」

会話が弾み、仕込みも順調にはかどった。

五時半になり、店を開けた。夏至をひと月後に控えたこの季節、外はまだ薄明るい。

「ごめん下さい」

一番に訪れた客は、あの、無礼な中年男と一緒に来店した、気の弱そうな青年だった。

「いつぞやは、大変失礼しました」

　青年は深々と頭を下げた。

「社長は、本当は悪い人じゃないんです。でも、うちの会社、前川工務店から仕事回してもらってるんで、前川社長に言われたら逆らえないんです」

　青年は田澤恭平《たざわきょうへい》と名乗った。羽田設備工業の社員で、一緒に来店したのが社長の羽田だという。ちなみに羽田設備工業は水道工事を請け負っている。

「思い出した！」

　皐が声を上げて恭平を指さした。

「去年、前川に連れられて、五人くらいで風鈴に来たでしょ？」

「はい。その節はどうも」

　恭平は再び頭を下げた。二三は取り敢えず恭平に椅子を勧め、テーブルにつかせた。

「昨日来店したのも、お宅の社員さんね」

「先輩たちです。社長も先輩も、前川社長から散々ひどい目に遭《あ》ったって話聞かされて、信じたみたいで……少なくとも信じた振りをしてます。それで、懲らしめのためにお灸《きゅう》を据えてやるって言ってました」

「それじゃ、恭平くんは前川の話を信じてないのね？」

「はい。だってあの人、パワハラだから」

期せずして、皐と二三、一子の口元に苦笑が浮かんだ。

「やっぱりね」

恭平は気遣わしげに目を瞬《しばた》いた。

「僕、心配なんです。前川社長は執念深い性格で、下請け会社もうちの他にいくつもあります。そっちを使って、また嫌がらせをするかも知れない」

「ねえ、その前川って奴はどうして嫌がらせするのに下請けを使うの？　自分とこの社員じゃなくて」

「それはやっぱり、恥ずかしいからじゃないですか、身近な人間に恥をさらすのは。でも、あの人は下請けを同じ人間だと思ってないから」

二三も一子も皐も、呆れ果てて言葉もなかった。何処まで腐っているのだろう。

そこへ、二番手の客が現われた。

「こんちは！」

桃田《ももた》はなだった。その後ろから入ってきたのは、訪問医の山下智《やましたさとる》だ。

「はなちゃん、先生、ようこそ」

山下は挨拶を返そうとして、先客の恭平に目を遣った。と、すぐさま店にいつもと違う空気が流れているのを感じ取った。かつてアフリカ奥地でNGO活動をしていただけに、おっとりしているように見えて、勘が鋭いのだ。

「皆さん、何かありましたか?」

二三は素早く一子と目を見交わした。考えていることは二人とも同じだった。

「さっちゃん、恭平くん、山下先生に事情を話して、お知恵を拝借しましょう」

「先生なら、私達とは別の視点で解決策を考えて下さるかも知れないわ」

皐と恭平は、黙って頷いた。

「ま、立ち話も何ですから、とにかくおかけになって」

二三は山下とはなを恭平と同じテーブルにつかせた。

恭平がこれまでの経緯を山下に説明し、皐も所々で言葉を添えた。すべてを聞き終えると、山下は難しい顔で腕組みをした。

「諸悪の根源は、その前川工務店の社長か」

「そうなんです」

二三は注文も訊かず、イェットの栓を抜いてグラス三つを添え、テーブルに置いた。

「こちらは店からのサービスです。先生、何か良いお知恵はありませんか?」

「それでは、ありがたく。乾杯」

山下は腕組みを解き、美味そうにスパークリングワインを一口飲んだ。

「恭平くん、前川工務店は、飛鳥《あすか》ハウスと何か関係ある?」

飛鳥ハウスは日本有数の建設会社だ。

「大ありです！　前川工務店は飛鳥ハウスの一次下請けなんです」

「なるほど。それじゃ、話が早い」

　続きを聞こうと、一同は思わず山下の方に身を乗り出した。

「僕は以前、飛鳥ハウスの社長のお母さんをお看取《みと》りしました。そのご縁で、今は飛鳥社長の主治医のようなこともしていて、息子のように可愛《かわい》がってもらっています。僕が飛鳥社長に頼んで、その前川という人に釘《くぎ》を刺してもらいます。きっと、それで大丈夫です」

「先生、すごい！」

　みんな一斉に拍手した。

「持つべきものは、流行《はや》ってる訪問医の知り合いだよね」

　はなが山下の肩を叩いた。

「では、本日のお勧めメニューです！」

　皐が嬉しそうに黒板を掲げた。

「すごい。サラダがいっぱい。サラダ祭りだね！」

「カブのサラダベリーソースがけ、メロンとキュウリのサラダ。どんな味なんだろう？」

　恭平も興味津々でメニューを見つめた。

「じゃあ、取り敢えずこの二つを注文して、後はゆっくり考えよう」

　山下が鷹揚《おうよう》に言うと、はなが恭平に向かってぐいと親指を立てた。

「何でも好きなもん注文しなよ。先生、金持ってるけど友達いないから、喜んで奢《おご》ってくれるよ」

　恭平は戸惑って山下の顔を窺《うかが》ったが、山下はいつものようにニコニコしている。

「その通り。はなちゃんだけだよ、ご飯に誘ってくれるの」

　カブのサラダは、ベリーソースが決め手だ。ブルーベリー、カルダモン、生姜、オリーブオイル、レモン汁、塩を煮て作る甘酸っぱくて爽やかなソースで、皮ごとスライスして塩を振ったカブにかければ出来上がり。このソースはモッツァレラやブッラータなど、フレッシュチーズにかけても美味しい。

「きれい！」

　運ばれてきた皿を見て、はなが歓声を上げた。白いカブのスライスの上には、赤紫のフレッシュなベリーソースがかかり、ミントの葉の緑が散っている。まるで絵のような美しさだ。

「カブって、甘酸っぱいのも美味しいんですね」

　恭平が感心したようにサラダの皿を見下ろした。

「秋になったら、カブと柿《かき》のなますを作るから、食べに来てね」

　二三がカウンターの中から声をかけた。

「お酢の代わりに柚子《ゆず》の絞り汁を入れるんだけど、和風のフルーツポンチって感じになるのよ」

「美味しそうだな」

恭平が目を輝かせた。どうやらサラダ男子らしい。

「メロンとキュウリのサラダです」

次に運ばれた皿は緑と黒の競演だ。ペルノをかけて香りを付けたメロンは角切り、キュウリはスライサーで薄くスライスしてある。どちらも瓜《うり》科の植物なので、馴染みが良い。フェタチーズの塩気と黒オリーブのコクが味にアクセントを添える。

メロンというといかにも高級そうだが、スーパーで買ったおつとめ品のアンデスメロンを使っているので、実は原価は高くない。

「美味しい！」

「洋酒ですかね、この清々しい香り」

「メロンをサラダにするなんて、贅沢《ぜいたく》！」

恭平は箸を置き、カウンターを振り返った。

「このお店は、ランチもやってるんですよね？」

「はい。月曜から金曜まで」

「今度、お昼に伺います。夜も、また来ます。この前は美味しそうなメニューがいっぱいあったのに、食べられなくて残念でした」

「それはありがとうございます」

はじめ食堂の三人は揃《そろ》って頭を下げた。

「だからさ、今夜はその仇《かたき》、とんなよ。ここ、店はボロいけど料理と酒はいけるんだよ」

二三がカウンターから首を突き出した。

「はなちゃん、ボロじゃなくて、ヴィンテージと言いなさい」

「はい、はい」

はなは首をすくめて舌を出した。

山下はニコニコしながらはなと恭平を見て、メニューを開いた。

「さて、次は何を頼もうか？」

第二話
鰻で乗り切れ

七月に入っても鬱陶《うっとう》しい梅雨は続いていたが、ようやく本格的な夏を迎えたようだ。日を追うごとに暑さが増してくる。

夏が暑いのは毎年のことだが、二三《ふみ》には毎年どんどん暑さが厳しくなっているように感じられる。「猛暑日」「酷暑日」なる言葉がマスコミに登場するようになったのがその表れだ。

「ああ、つい指折り数えちゃう。お盆まであと何日って」

二三は壁のカレンダーに目を遣《や》った。今年のお盆休みは八月十一日の山の日から十六日まで、つまり木曜日から翌週の火曜日まで六日間、しっかり取ることに決めた。ゴールデンウィーク以来、久しぶりの大型連休となる。

「まだ七月じゃん」

釣られてカレンダーを見た万里《ばんり》が言った。八月の頁《ページ》はまだ一枚後ろに隠れている。今日も万里のランチははじめ食堂の賄いだ。

「寄る年波でね、段々夏がしんどくなるのよ」

二三は大袈裟《おおげさ》に溜息《ためいき》を吐《つ》き、本日のワンコインメニュー、鶏肉《とりにく》と香味野菜の梅サラダうどんをすり込んだ。冷たいうどんに茹《ゆ》でた鶏肉と大葉・茗荷《みょうが》・白髪ネギの黄金トリオをトッピングし、梅干しを添えて冷たい出汁《だし》をかけてある。暑い夏にもサッパリ食べられる料理で、注文したお客さんも多かった。

ちなみに今日のはじめ食堂のランチメニューは、焼き魚が鯖《さば》のみりん干し、煮魚がカジキマグロ、日替わりがゴーヤチャンプルーとアジフライ。小鉢二品はナスの揚げ浸しとおからの煮物。味噌汁《みそしる》は豆腐とワカメ、漬物は一子《いちこ》手製のナスとキュウリの糠漬《ぬかづ》け。

さらにドレッシング三種類かけ放題のサラダが付いて、ご飯と味噌汁はお代わり自由。これで一食七百円は努力賞ものだと、二三も一子も皐《さつき》も自負している。

「ねえ、二三さん、ダイエットしてる？　ちょっと痩《や》せたみたいだけど」

皐がいくらか心配そうに尋ねた。

「あら、ホント？」

反対に二三は嬉《うれ》しそうに答えた。

「そういうわけじゃないけど、最近、少し食欲が落ちたかも」

「あたしも気になってたんだけど、ふみちゃん、この頃《ごろ》汁物ばっかり飲んでる気がする。あとは冷たいお茶とか低カロリーの紅茶とか……」

「そう言えば、ご飯食べてないよね。冷たい麺《めん》をちょこっと食べるくらいで」

万里も改めて気がついたように問いかけた。

「うん。なんか、サラサラ喉《のど》を通るものが欲しくて」

見れば煮魚も焼き魚も日替わりメニューも手を付けていない。テーブルの前に味噌汁のお椀《わん》はあるが、ご飯茶碗《ぢゃわん》はない。

「おばちゃんが食欲落ちるなんて、あり得ない。大災害の予兆かも」

万里が冗談めかして言ったが、皐は真顔だった。

「現代人は食べすぎだって言ってる医者もいるから、無理して食べることはないけど、体調不良で食欲落ちたんなら、お盆休みの間に、一度病院で診《み》てもらった方が良いんじゃないですか」

「いやだ、さっちゃん。大袈裟ねえ」

皐は表情を和らげながらも、説得を続けた。

「うん。でも、健康に関しては、少し大袈裟くらいで良いと思う。診てもらって何でも無ければ、安心できるし」

すると、一子が明るく言い添えた。

「そうね。この際だから、あたしも一度健康診断ってやつを受けてみるわ。ふみちゃん、一緒に行かない？」

一子の楽しげな声を耳にすると、二三は柔らかな羽根で頬《ほお》をなでられたような気がして、いつの間にか頷《うなず》いていた。

「考えてみれば、デパート辞めてから健康診断受けてないのよね。最後に受けてから、もう二十年近くなるわ」

一子はクスリと微笑《ほほえ》んだ。

「あたしは学校出てからずっとだから、もう七十年以上になるかしらね」

「でも、一子さんも二三さんもずっと元気だったたんでしょ。丈夫に生まれたんだわ」

「昔から、体力だけは自信があります」

胸を張って宣言しながらも、一瞬二三の心の隅には不安が生じた。

それなのに、近頃はどうしたのかしら。食欲ないし、バテやすくなったし……。

「万里君、ゴーヤチャンプルーとカジキマグロ、それと小鉢の残り物、さっちゃんに持ってってもらうからね」

食事を終えると、一子が残った料理をタッパーに詰めながら言った。

「おばちゃん、サンクス。青木《あおき》、後はよろしく」

「うん。行ってらっしゃい、万里君」

教育者として忙しい万里の両親を慮《おもんぱか》って、残り物を土産で持たせる習慣は、万里が退職した今でも続いていた。

皐は後片付けを手伝った後、万里の家で休憩し、仕込み時間に合せてはじめ食堂に戻ってくる。

「お疲れ様」

皐が店を出て行くと二三と一子は二階へ上がり、夜の仕込みを始めるまでのわずかな時間、ゆっくりと身体《からだ》を休める。ここ数年は、午後のワイドショーを観《み》ながらうたた寝してしまうことが多い。

その日も二三はいつの間にか眠っていて、豊洲《とよす》で立派な刺身用スルメイカが一杯百円という、近年稀《まれ》に見る大安値で売られているのを見て、「ウッソー！」と叫んだ途端に目が覚めた。

あ～あ、がっかり。

壁の時計を見上げると四時二十分。そろそろ起きて、仕込みに入る時間だ。

二三はのろのろと上半身を起こし、大きく伸びをして首を回した。

「スパークリングワイン、グラスで。それとメロンとキュウリのサラダ、谷中生姜《やなかしょうが》、空心菜炒《くうしんさいいた》め下さい」

その日の夜営業の最初の客となった保谷京子《ほやきょうこ》は、メニュー片手に注文を告げた。

二三の高校の同級生で、アメリカに留学してアメリカ人の大学教授と結婚し、自身も大学で教鞭《きょうべん》を執っていたが、夫の死後日本に帰国して、現在佃《つくだ》で暮らしている。有名私大に客員教授として迎えられたが、今は夏休みで講義はない。

「ねえ、クラちゃん、このトウモロコシ、蒸したの、焼いたの？」

二三の旧姓は倉前《くらまえ》で、高校時代は「クラ」と呼ばれていた。同級生は今でもみんな当時のあだ名で呼び合う。しかし飛び切りの秀才だった京子だけは例外で、「保谷さん」と敬称付きで呼ばれている。

「どっちでも出来るわよ」

「それじゃ、蒸しでお願い。あの甘さが堪《たま》らないの。それと、シシトウ焼きね」

亡夫の実家は裕福な旧家で、家には腕の良いコックがいたという。京子は毎日手の込んだ料理を作るコックに気を遣って「もろきゅうや冷やしトマトや冷《ひ》や奴《やっこ》が食べたくても、とても頼めないのよ。だって料理じゃないんだもの」という生活を送ってきたので、はじめ食堂では「手の込んでいない」メニューを頼むことが多い。

「保谷さん、シメはどうする？」

「そうねえ……」

京子は一度置いたメニューを再び手に取り、じっと目を凝らした。

「鶏肉と香味野菜の梅サラダうどんなんか、サッパリしてるわよ。今日のランチでも好評だった」

「それも良いけど、やっぱり一子さんのお新香でご飯食べたいし」

京子の視線が一点で静止した。

「あら、鯖のみりん干しがあるの？」

「脂ノリノリよ」

「ステキ。大好きなの。最後にこれ焼いて。それとご飯セット」

すっかり食欲が落ちてしまった二三は、京子の健啖《けんたん》ぶりが羨《うらや》ましかった。

「保谷さん、元気ねえ。私なんか最近夏バテで」

「しょうがないわよ。この年になったら、誰《だれ》だってどこかしら悪いわ」

あっさり答えて、京子は苦笑を浮かべた。

「私は腰痛なの。ま、これは一種の職業病ね。それに十五年くらい前から時々目まいがするようになって」

「大丈夫なの？」

二三は思わず眉《まゆ》をひそめて真剣な口調になった。以前、ランチタイムに、お客さんが突然激しい目まいの発作に襲われて救急搬送された。後で聞いたらメニエール病の持病があったという。

「うん。病院で検査したけど、メニエールではないって。それに、軽い方だから。アスリートやダンサーだったら致命的だけど、本を読んだり原稿を書いたりする分には、支障ないわ」

京子はお通しの枝豆を口に放《ほう》り込んだ。

「今、大学の近くの整骨院へ通ってるの。上手《うま》いって評判でね。施術してもらうと目が覚めたようになるわ。それと、水泳を始めようかと思って。全身運動で身体に良いって言うし」

谷中生姜の皿を運んできた皐が、感心したような顔になった。

「大正解です、保谷さん。学者さんはどうしても机に座りっぱなしで身体が縮こまるから、動かさないと健康に悪いですよ。その点、水泳は理想的じゃないですか。関節に負担もかからないし」

京子は嬉しそうに頷いた。

「それで、何処《どこ》のスポーツクラブにするか迷ってるの。今はいくつもジムがあるから」

京子はジムの名を三つ挙げた。どれも多くの支店を持つ有名グループだった。

「どこも内容は大差ないと思いますよ。お風呂《ふろ》も広くてきれいなので、運動しないで銭湯代りにお風呂だけ利用する『お風呂会員』もいるそうです」

二三も京子も初めて聞く話で、「まあ」と声を上げた。

「確か今、銭湯代は五百円くらいでしょ。三十日で一万五千円。それなら毎日銭湯に行くより、会費の方が安かったりするんです。昼間だけの会員契約は割引のはずだから」

皐はダンサーとして働いている間、ジム通いをして身体を鍛えていたので、アスレチック業界に詳しいようだ。

「なるほど。いい話を聞いちゃったわ。広くてきれいなお風呂は魅力よね。私、日本に帰ってから、温泉にはまってるの。ジャグジーを備えてるジムにしようかしら」

「それも一つですけど、ご自宅の近くにするか、職場の近くにするかも大事なポイントですよ」

「あ、そうか」

京子は皐に頷き返し、谷中生姜に味噌を付けて一口囓《かじ》った。

「やっぱり家の近くの方が良いんじゃない？　休みの日は大学に行かないし、大学って休みが多いし」

二三は思いつきを口にした。

「そうねえ。考えてみれば、泳いで疲れた身体で、電車に乗って帰ってくるのもしんどいわねえ」

「そうそう。濡《ぬ》れた水着やバスタオル持ってると、尚更《なおさら》よ」

二三は首を左右に傾けて筋を伸ばした。

「私もジムに通った方が良いのかなあ」

「二三さんは毎日身体を動かしてるから、トレーニングで筋肉を鍛えるより、ストレッチとリラクゼーションをメインにした方が良いですよ」

　皐は確信に満ちた口調でアドバイスした。

「リラクゼーションって言うと？」

「ゆっくりお風呂に入ったり、寝る前にアロマオイルを焚《た》いたり、目の上に蒸しタオルを当てたりして、心と身体をのんびりさせること。私も毎日やってるの。気持ち良いですよ」

　と、蒸し上がったトウモロコシを持ってきた一子が、二三に言った。

「ほら、最近要《かなめ》がやってるあれじゃない？」

「ああ、あれか」

　六月に入った頃、要は「アロマテラピーを始める」と宣言し、枕元《まくらもと》に高さ十五センチくらいの円筒形の陶器を置いた。コンセントにつなげて、上の皿に垂らしたオイルを電球で温める仕組だ。

「アロマランプって言うのよ。アロマポットって言うのもあって、それは下からローソクで温めるの。そっちの方がロマンチックだけど、火事になったら危ないから、こっちにしたのよ」

　大いばりで講釈を垂れたが、夜中に寝ぼけてランプを倒したので、それからは少し肩身を狭くしているようだ。ちなみに一《にの》家《まえ》は畳敷きで、家族三人は布団で寝ている。

「お姑《かあ》さん、あのランプ、もう一つ買ってこようか？」

「そんなことしなくても、襖《ふすま》を細めに開けとけば、要の部屋から匂《にお》いが流れてくるんじゃない」

「あ、そうか」

その時、新しいお客さんが入ってきた。

「いらっしゃい」

辰浪康平《たつなみこうへい》と菊川瑠美《きくかわるみ》だ。今日も瑠美の仕事終わりに待ち合わせてきたのだろう。

「ええと、俺、小生《しょうなま》」

康平はおしぼりで顔を拭《ふ》きながら言った。六時を回ったが、まだ外は昼間の熱気が残っている。

「私も小生」

瑠美は早速メニューを手にした。

「ええと、メロンとキュウリのサラダ、空心菜炒め……ゴーヤのエスニック炒めって、新作？」

質問を受けて、二三は答を促すように皐を見た。

「はい。ナンプラーとニンニクと鷹《たか》の爪《つめ》で。空心菜炒めは創味《そうみ》シャンタンを使ってるので、味はかぶらないと思うんですが」

「じゃ、両方いただくわ。どっちもビタミンたっぷりだもの。それと、タコとセロリのチリペッパーマリネって言うのは？」

「レモン風味にチリパウダーをプラスして、マリネ液にはマヨネーズとヨーグルトを使いました」

オリーブオイルのマリネより少し重くなるが、チリパウダーの刺激は夏に向いている。

「じゃあ、それも下さい。後は康平さんにお任せ」

瑠美は康平にメニューを手渡し、二人して額を寄せてメイン料理の検討に入った。

瑠美のアドバイスが効いたのか、二ヶ月足らずで康平の腹回りはすっきりしてきた。昼食はつけ麺と縁を切り、サラダ大盛りとカレーライスを続けているのだろうか。

康平がメニューから顔を上げて一子を見た。

「おばちゃん、アジフライは冷凍じゃないよね？」

「もちろんよ。魚政《うおまさ》さんが豊洲で仕入れてくれたの」

生のアジをさばいて揚げたフライは、身はふっくらとして青魚の旨味《うまみ》が濃く、冷凍物とはまるで違う。

「でも太刀魚の塩焼きも食いたいし、カジキマグロのステーキも美味《うま》そうだよな」

康平は再びメニューに目を戻して眉間《みけん》にシワを寄せた。

「アジフライと太刀魚を頼まない？　その分シメは軽く、お茶漬けとか素麺《そうめん》とか」

「そうだな。おばちゃん、アジフライと太刀魚ね。シメは後から考える」

「はい、毎度」

二三は炒め物の準備にかかり、一子はメロンとキュウリのサラダを仕上げた。

「前菜にサラダって、理に適《かな》ってるわ。ベジファーストだもの」

瑠美は嬉しそうに箸《はし》を割り、サラダをつまんだ。康平も香りを楽しむように鼻の穴を膨らませた。洋酒のペルノーとメロンが混ざり合い、甘く高貴な香りが鼻腔《びこう》を抜けてゆく。

康平と瑠美のカップルが呼び水になったかのように、それから次々とお客さんが入ってきて、食堂は満席となった。

「日替わりのカレー揚げね」

「僕、味噌炒め」

「ワンコイン、定食セットで!」

「はい、ありがとうございます! カレー揚げ一丁、味噌炒め一丁、ワンコインセット一丁!」

客席から次々に飛んでくる注文の声を笑顔でキャッチして、皐は正確に厨房《ちゅうぼう》に通してゆく。元々勘が良いので、もうすっかり慣れていた。

今日のはじめ食堂のランチは、焼き魚がアジの干物、煮魚がカラスガレイ。日替わりが名物鰯《いわし》のカレー揚げ、鶏肉とナスとピーマンの味噌炒め。

ワンコインはタコとトマトのカッペリーニ。素麺のように細いカッペリーニは、冷製料理で真価を発揮する、夏にピッタリの麺だ。ニンニクとオリーブオイル、そして塩レモンを使ったソースで和《あ》えてある。塩レモンの爽《さわ》やかさで、食欲がなくてもツルツルと喉を通ってゆく。

小鉢は冷や奴、タラコと白滝の炒《い》り煮《に》の二品。白滝といってもバカに出来ない。築地場《つきじ》外の花岡《はなおか》商店で買ってくる白滝は、スーパーの白滝とは一線を画す美味《おい》しさだ。

味噌汁は冬瓜《とうがん》と茗荷。漬物は一子手製のナスとキュウリの糠漬け。そしてドレッシング三種類かけ放題のサラダ、お代わり自由のご飯と味噌汁が付く。

皐が日替わり定食をテーブルに置くと、ご常連のワカイのOLが言った。

「私、生まれてから食べた鰯料理の中で、これが一番美味しいと思うわ」

「ありがとうございます。私もそう思います」

皐は嬉しそうに応えながらワンコインの定食セットを隣のテーブルに置いた。

「さっちゃん、またスープ春雨もやってって、おばちゃんに言っといて」

「はい。伝えます」

皐はカウンターにとって返し、次の定食の盆を手に客席へ向かった。

「ねえ、今月の二十三日は土用の丑《うし》の日でしょ。お宅は鰻丼《うなどん》とかやらないの？」

味噌炒め定食を注文した若いサラリーマンが皐に訊《き》いた。

「無理無理。七百円じゃスーパーの蒲焼《かばや》きも買えねえよ」

連れのサラリーマンが目の前で片手を振った。皐は曖昧《あいまい》な笑みを浮かべてテーブルを離れた。

時計の針が一時二十分を回ると、ランチのお客さんたちは潮が引くように帰って行き、残っているのは帰り支度を始めた二組だけになった。

「こんにちは」

入れ替わるように、野田梓《のだあずさ》と三原茂之《みはらしげゆき》が入ってきた。二人とも混雑を避けて遅い時間に来店するのが習慣になっている。

「鰯のカレー揚げね」

「僕も」

ご常連ならはじめ食堂名物鰯のカレー揚げは外せない。

「ご試食にどうぞ。万里君みたいには出来ないけど」

二三はタコとトマトのカッペリーニを小皿に盛り、二人の前に置いた。

「素麺とはまた違う美味しさだな」

「塩レモンがアクセントになってる」

二人とも一口ですすり込み、感想を述べた。

「万里君がいなくなってやめてたんですけど、これから暑くなるから、冷たいパスタも復活させようと思って」

「あら、充分美味しいわよ。それに、和・洋・中の冷たい麺があれば、お客さんも喜ぶでしょ」

一子がカラリと揚がった鰯の油を切り、皿に盛った。そこへ千切り生姜を散らし、薄めたゆずポンをかけ回すと「鰯のカレー揚げ」が完成する。

「お待たせしました」

皐が二つの盆を掲げて運んできた。

「ああ、これこれ。ご飯が進むのよねえ」

梓も三原も、嬉しそうに鰯に箸を伸ばした。

「さっきお客さんに、土用の丑の日に鰻丼やらないのって訊かれちゃって」

洗いものを片付けながら、皐は先刻の遣り取りを話した。

「そうか。今年は七月二十三日が土用の丑なんだ」

「そうなんです。それで、値段的に鰻丼は無理だけど、鰻《うなぎ》を使ったメニューを出せないかと思って」

二三は壁のカレンダーを覗《のぞ》き込んだ。

「あら、二十三日って土曜じゃない。それじゃランチはなしね。夜だけなら多少は……」

皐はもどかしそうに首を振った。

「夜じゃなくて、金曜のランチで、リーズナブルなメニューを出してあげたいんです」

「小鉢なら何とかなるんじゃないの」

カウンターの隅に腰を下ろしたまま一子が言った。

「う巻きとかうざくなら、そんなに鰻を使わないし」

う巻きは鰻を巻いた卵焼き、うざくは鰻とキュウリの酢の物だ。

「夜のお客さまなら、他にもひつまぶしとか、鰻のサラダとか、鰻《うな》素麺とか」

皐も言葉を重ねた。

「鰻でサラダや素麺もあるの？」

「色々あるんですよ。鰻素麺は、レシピが店によって違うみたいですけど、基本は鰻の蒲焼きを載せたぶっかけ素麺なんです」

二三が乗ってきたので、皐の説明にも熱が入った。

「私が食べたのは、温泉卵が載ってました。ざく切りの蒲焼きに半熟卵がからんで、美味しかった」

二三の頭の中に、蒲焼きと温泉卵をトッピングしたぶっかけ素麺のイメージが浮かんできた。

「それ、美味しそうねえ」

「彩りでキュウリの千切りも載ってました」

二三はいつの間にかすっかり心を惹《ひ》かれて手を止めた。

「でもお姑さん、ワンコインは無理よね。値上がりしてるし」

一子はわずかに首を傾《かし》げて考える顔になった。スーパーで見かける鰻の蒲焼きは、中国産でも一枚千円近くする。一人前半枚を使用したとしても、五百円では足が出てしまう。

「……単品で八百円、セットで千円ってとこかしらね」

「うちの店で昼に千円使うかなあ」

はじめ食堂のランチ定食は一律七百円だが、大きな海老《えび》三尾付けの海老フライ定食だけは千円だ。そのせいか、一日に一食も出ない日がある。

「ふみちゃん、もしお昼に鰻素麺定食やるなら、あたしは予約するわよ」

「僕もいただきます。土用の丑の日に鰻というのは、縁起物ですからね」

梓と三原が、テーブルから声をかけた。

「ありがとうございます」

一子は小さく頭を下げてから、二三と皐を振り向いた。

「やっぱり土用の丑の日は、鰻メニューを出してみない？　夜は少し冒険して、金曜のランチは小鉢でちょっぴり」

そして、嬉しそうに締めくくった。

「さっちゃん、良い提案をしてくれたわ。あたしもふみちゃんも、鰻は高いってイメージに縛られて、店で出してみようなんて思わなかった。これでまた、新しいメニューが増えるわね」

最後は二三に向かって微笑んだ。二三も大きく頷いた。

すると、不意に万里がはじめ食堂で働き始めた頃が思い出された。仕事に慣れるに従い、万里はどんどん意欲的になり、次々に新しい提案をするようになった。お陰でいささかマンネリに陥っていたはじめ食堂に新しいメニューが増え、二三も一子も刺激を受けて、新たなやる気が湧《わ》いてきた。

今の皐はあの頃の万里のようだと思う。はじめ食堂を愛し、新しいアイデアを試して、もっと良い食堂にしようと努力してくれる。

二三はそっと一子に目で語りかけた。

お姑さん、うちは人に恵まれたね。

一子は深い共感を込めて、深く頷き返した。

その日は口開けからお客さんが立て込んで満席になり、カウンターに座った康平と瑠美のカップルとも、ゆっくり話が出来なかった。

二人がシメの素麵を注文した頃、やっと一段落して少し席が空いた。

「はい、お待ちどおさま」

素麵に添えるつけ汁は二種類用意した。定番の刻みネギとおろし生姜の他、トマト・玉ネギ・オリーブオイルの組み合わせだ。市販のめんつゆに玉ネギのみじん切りとトマトの角切り、オリーブオイルを混ぜただけだが、それだけでちょっぴりイタリアンな味になる。

「子供だましみたいだけど、ちょっと目先が変わるから」

発案者の皐は少し恥ずかしそうに言ったが、康平と瑠美は麵をすすり込み、すぐにＯＫサインを出した。

「さっちゃん、イケるよ、これ」

「トマトって和食と合うのよ。美味しいわ」

二三がカウンターから首を伸ばした。

「実は、さっちゃんの提案で、土用の丑の日に鰻メニューを出すことにしたの」

「あら、ステキ」

「おばちゃん、鰻ってはじめ食堂始まって以来じゃない？」

「そうなのよ。どうしても蒲焼きと鰻重ってイメージに縛られて、うちじゃ出せないと思い込んでたんだけど、ひつまぶしとかサラダとか素麵とか、リーズナブルなメニューもあるって教えられて」

二三はいくらか自慢げに皐を見遣った。

「一子さんがうざくとかう巻きなら、お昼の小鉢で出せるって賛成してくれたんです。だから、色々メニュー考えて、土用の丑の日当日は土曜日なので金曜日のランチから鰻祭りにしたいなって」

「良いじゃない」

瑠美が目を輝かせた。

「今月号の『トマトキッチン』、鰻レシピの特集だったのよ。何種類かレシピ書いたから、今度持ってくるわ。参考にして」

「トマトキッチン」は瑠美がレシピの連載をしている料理雑誌だ。

「ありがとうございます。助かります」

康平と瑠美が勘定を済ませて店を出てゆくと、入れ違いに入ってきたのは桃田《ももた》はなと訪問医の山下智《やましたさとる》だった。

「いらっしゃいませ。どうぞ、空いているお席に」

山下は店内を見回し、はなに言った。

「今日はカウンターにしようか？」

「うん」

山下とはなは康平と瑠美が帰った後の椅子《いす》に腰を下ろした。

「先生、お飲み物は？」

「イエット、ボトルで」

山下の代りにはなが答えた。二人で来店するといつも山下の奢《おご》りなのだが、はなは遠慮する気配もなく、我が物顔で好きな酒と料理を注文する。そして山下ははなの言いなりになるのが、楽しくて仕方ないらしい。

「先生、アルコールは大丈夫ですか？」

山下は夜間の急患も往診に行くので、二三が気を遣って尋ねた。

「大丈夫です。今日は別の先生が当直を引き受けてくれたので」

山下の主宰する医療グループは、現在常勤の医師が八人いるので、山下が当直するのは週に二回だが、グループ立ち上げ当初は、一年三百六十五日、山下が昼も夜も一人でこなしていたという。

「先生、メロンとキュウリのサラダ、空心菜炒め、ホタテとブロッコリーのグラタン、オクラのロールカツ食べない？」

はなは山下の目の前でメニューをヒラヒラさせた。

「野菜と魚介と肉のバランスが良いでしょ。炒める、焼く、揚げるで、調理法も変化があってさ」

「うん、そうだね。そうしよう」

　山下はいつものように二つ返事で承知して、スパークリングワインで乾杯した。

　注文した料理のうち、オクラのロールカツは新作だ。薄切りの豚ロースでオクラを巻いて揚げた料理だが、肉と揚げ衣にマヨネーズで下味を付けてあり、仕上げには黒胡椒《くろこしょう》をたっぷり振る。マヨネーズは揚げ物と相性が良く、黒胡椒のピリッとした刺激と香りは旬《しゅん》のオクラと豚ロースの味を引き立て、いくらでも食べられる。

「先生、お忙しいでしょうけど、もしお時間があったら、二十三日の土用丑の日に寄って下さい」

　二三は空心菜を炒めながら、カウンター越しに声をかけた。

「何かイベントでもやるんですか？」

「さっちゃんの提案で、鰻祭りを」

　山下とはなは同時に皐を振り返った。皐は二人の前にサラダの皿と取り皿を並べながら、手短に経緯を説明した。

「先生、行こうよ。その日は私が奢っちゃう」

「あら、珍しい」

　二三がからかうように言うと、はなはいくらか恥ずかしそうに首をすくめた。

「実はさ、先週、万里の店でゴチになっちゃってさ。あんな高そうな店で奢られっぱなしじゃ、悪いもん」

万里の店とは、万里が押しかけ弟子として修業中の「八雲《やくも》」という割烹《かっぽう》のことだ。

「先生、万里君、どうでした？」

オクラのロールカツを揚げようとしていた一子が、一瞬手を止めて尋ねた。

「良くやってましたよ。親方の一挙手一投足を見落とすまいと、真剣に働いていました。わずかの間に、顔つきまで少し変わったようです。何というか、キリッと引き締まって」

「そうですか」

一子はホッと溜息を漏らし、油鍋《あぶらなべ》に衣を付けた肉巻オクラを滑らせた。

「修業先としては、最高の店を選んだと思いますよ。親方とマンツーマンですからね」

「それに、超美味かったよね」

はながメロンとキュウリのサラダを口に運んだ。

「いや、本当に美味しかったです。これまで食べた日本料理の中で、ベストスリーに入ります」

二三は空心菜炒めを皿に盛り、カウンターに置いた。

「ご主人夫婦とは上手く行ってるようでしたか？」

「ええ。万里君は明るくて素直ですからね。打ち解けやすいし、人に好かれるんです。おまけにすごく真剣に働いている。ご主人も女将《おかみ》さんも、すっかり信頼している感じでしたよ」

「万里君、頑張ってるんですねえ」

大学卒業後に就職した会社を一年で辞め、以後はフリーター生活で、どの仕事も三ヶ月と続かなかった万里が、自ら選んで料理人の修業をしているとは、あの頃は夢にも思わなかった。本当に人が変わったようだ。

深い感慨に耽《ふけ》りながらも、二三はグラタンを作り始めた。冷凍のホタテをオリーブオイルで炒め、茹でたブロッコリーを加えたら、耐熱容器に移して作り置きのホワイトソースを掛け、粉チーズを振ってオーブンに入れる。二百度で予熱しておけば、十分ほどできれいな焦げ目の付いた、熱々のグラタンが出来上がる。ブロッコリーは昼間のサラダに使うので、茹でた状態でストックしてある。

「おばちゃん、スパークリングもう一本。スリーピラーズね。その次はランブルスコにしよう」

はなが空になった瓶を顔の高さに掲げた。

「イェット、スリーピラーズ、ランブルスコって、はなちゃん、康平さんの教えをマスターしたね」

「へへへ」

イェットは辛口の白、スリーピラーズはほんのり赤、ランブルスコは赤で、酒も料理も薄口から濃い口に移行した方が美味しいというのが康平の持論だった。酒を愛する酒屋の若主人の言葉なので、二三たちもそれを鵜呑《うの》みにしていた。

皐がスリーピラーズの瓶と新しいグラスをカウンターに置くと、山下が栓を抜いてくれた。

はなは早速新しいグラスで乾杯して、美味そうに口を付けた。

「そうだ、おばちゃんとこ、お盆休みはどうするの？」

「今年は十一日から十六日まで六連休。大型連休よ」

「へえ。どっか旅行でも行くの？」

二三は肩をすくめて首を振った。

「全然。それより、お姑さんと健康診断に行くことになったの」

はなが心配そうに眉をひそめた。

「どっか悪いの？」

「最近ちょっと、食欲がなくてね。この際だから、一度キッチリ調べてもらおうってことになって」

「人間ドックとか入るの？」

「それほど大袈裟なもんじゃなくて、普通の……」

「あのう」

山下が遠慮がちに声をかけた。

「お二人とも、健康診断受けるのは久しぶりですか?」

「はい。私はデパート辞めて以来で二十年ぶりくらい、姑《はは》は学校卒業して以来だから七十年ぶりですって」

山下は考え深い目でじっと二三と一子を見つめ、口を開いた。

「もしよろしかったら、健康診断を受ける前に、血液検査をしてみませんか?」

「は?」

「血液を採って検査機関で調べるんです。それでだいたいの健康状態は分りますから、精密検査をするときに、特に重点的に調べてもらう部位が予《あらかじ》め分っていて、無駄を省けます」

山下は安心させるように、穏やかな口調で続けた。

「よろしかったら、明日の朝、こちらに伺って採血させていただきます。いつも美味しいものをご馳走《ちそう》になっているので、せめてものご恩返しに」

二三は一子と顔を見合わせた。確かに親切な申し出だが……。

「おばちゃん、やってもらいなよ」

はなが二三と一子を見て、断固たる口調で言った。

「その方が良いよ。先生、間違ったことは言わないから」

山下は照れくさそうに苦笑いを浮かべたが、その目には真剣な光があって、二三も一子もはなの言葉に共感していた。

「先生、ありがとうございます。ご厚意に甘えさせていただきます」

翌日、朝八時半、はじめ食堂の前に「さくら在宅診療所」というロゴと動物のイラストをペイントした小型バンが停《と》まった。中から山下が診療鞄《かばん》を提げ、看護師を伴って降りてきた。

「おはようございます。遠回りになるのに、すみません」

二三と一子が恐縮して頭を下げると、山下は鞄を開けながら笑顔を見せた。

「いえ。今日はちょうど、飛鳥《あすか》社長の麻布《あざぶ》のお宅に伺う日だったんです。ここは謂《い》わば、通り道ですから」

飛鳥鉄平《てっぺい》は日本有数の建築会社の社長で、亡き母の訪問診療を担当した山下を信頼し、今は自分の主治医にして息子のように可愛《かわい》がっているという。

山下はまず聴診器を当てて二三と一子の心音を聞くと、次は慣れた動作で血圧を測った。

「それでは、採血させていただきます」

看護師が二三の二の腕にゴムバンドを巻き、注射器を構えた。二三は血管が細い体質で、下手な看護師だと失敗して何度もやり直すのだが、山下の診療所の看護師は腕が良く、一発で血管に針を刺した。しかもほとんど痛くなかった。

一子の採血も滞りなく終了した。

「一週間くらいで結果が出ますので、データが送られてきたらお店の方にお持ちします」

「ありがとうございました」

二三と一子は深々と頭を下げ、帰ろうとする山下と看護師にペットボトルのお茶を手渡した。

「先生、お車にもどなたか？」

「はい、運転手が」

「じゃ、もう一本」

「すみません。いただきます」

山下は上着の左右のポケットにペットボトルを押し込み、店を出て行った。

表の通りは早くも太陽が照りつけて、今日も暑くなりそうだった。

「鰻のサラダって、こんなに種類があるの？」

テーブル一杯に並べられた色鮮やかなグラビア頁を前に、二三は驚きの声を上げた。

今日は土曜日でランチはないのだが、来週の鰻祭りに合せてメニューを決めておきたいという皐の提案で、午後から会議を開くことになった。

しかし、皐が持ってきた料理本と瑠美がくれた料理本を合せると、鰻のサラダは十種類以上あった。組み合せる具材とドレッシングの種類によって、和・洋・中・エスニックと、多彩なバリエーションが展開する。どれも美味しそうで目移りしてしまう。

「あたしはこの、香味野菜と山葵《わさび》ドレッシングで作るサラダが美味しそうだと思うけど……でも、それだと〝うざく〟と似ちゃうかしらねえ」

「アボカドとモッツァレラチーズを入れたイタリアン風は、かなり個性的よね。でも、男性のお客さんは保守的だから、こういうのは注文しないかも知れない」

「いっそシンプルに、鰻とトマトのサラダなんてどうですか?」

皐がグラビアの写真を指さした。

くし切りのトマトと短冊切りの鰻の上に香味野菜がトッピングしてある。和風のドレッシングがかかっているが、トマトの存在感で〝うざく〟とは一線を画す味になるだろう。

「ねえ、ちょっと待って。この〝鰻と豆腐のサラダ〟って、これに豆腐を加えたレシピと違う?」

二三が別の写真を指さすと、一子と皐も額を寄せた。

「同じ〝鰻と豆腐のサラダ〟でも、こっちとは随分感じが違うわね」

皐が指さした写真には、豆腐を崩して鰻とキュウリ、茗荷を和えた、白和え風のサラダが写っていた。

「これ、美味しそう」

皐は写真に顔を近づけたが、二三はもう一方に軍配を上げた。

「手間と値段考えたら、こっちの方が良いと思うわ。野菜と豆腐と鰻を切ってドレッシングかけるだけだもん。それに、豆腐を入れた分、鰻をちょっと節約できるし」

「二三さん、さすが」

「まあ、セコい発想だけどね」

「そんなことないわ」

皐は感心したような顔になった。

「自分で店を切り回すって、そういうことよ。コストと手間暇抜きで考えたメニューは、続かないもん」

一子は二三にそっと目配せした。二三は黙って頷き返した。二人とも、皐が本物の女将に近づきつつあるのを喜んでいた。

「さてと、次はパスタを決めようか」

三人はそれぞれ料理本を手に取り、パスタの掲載されている頁を開いた。

「これもいっぱいあるわねえ」

パスタもまた百花繚乱《ひゃっかりょうらん》の態《てい》で、和・洋・中・エスニックと満開だ。

「私、ネットでも調べたんですけど、山のようにありました」

スープパスタや冷製パスタ、鰻の蒲焼き缶詰を使ったレシピもある。基本的にはオリーブオイルを使用しつつ、鰻のタレで味を決めるレシピが多かった。

「これ、アイデア賞ものね」

鰻なしでタレだけ使ったパスタだった。温泉卵と刻み海苔《のり》をトッピングして、鰻はないが鰻を感じられる、落語のようなレシピだ。

「お姑さん、これ、どう思う？」

二三が訊くと、一子はわずかに首を捻《ひね》った。

「あたしは好きだけど、冗談の通じるお客さんだけじゃないからね。欺《だま》されたと思われたら損だし」

「……そうよね。酒のつまみなら遊べるけど、ランチは一本勝負だもんね」

「やっぱり、ランチは和風にしますか？　ひつまぶしとか、温玉載せの鰻素麺とか。それなら皆さん抵抗ないでしょうし」

皐が二三と一子の顔を窺《うかが》うように言った。

「私も最初は意表を突いてパスタって思ったんですけど、初めての鰻メニューだから、オーソドックスな方が受けますよね、きっと」

「そうねえ。特に男のお客さんはわりと保守的だから」

二三がいくらか諦《あきら》め顔で決まり文句を呟《つぶや》くと、一子が柔らかな笑みを浮かべた。

「何も最初から難しいことやらなくたって良いわよ。一番分り易《やす》いメニューで土用の丑の日をアピールして、お客さんに喜んでもらえれば」

一子は二三と皐を等分に見つめた。

「あたしはせっかくさっちゃんが鰻料理を提案してくれたんだから、一回こっきりでなく、定番で出したいと思ってるの。土用の丑の日に限らず。はじめ食堂に普通に鰻のメニューがあれば、お客さんもそのうち『今日はちょっと変ったのを食べようかな』っていう気になるんじゃないかしら」

二三も大いに同感だった。

「私、鰻っていうだけで舞い上がっちゃった。これまで扱ったことないし。でも、あくまで素材なのよね。料理法は無限だわ」

「じゃ、取《と》り敢《あ》えず試作品を決めましょうか。う巻きは合格として、あとは鰻と豆腐とトマトのサラダ、鰻素麺、ひつまぶしかしら」

「あのう、私、こんなものを持ってきたんですけど」

皐が持参のショルダーバッグからガラスの小瓶を取りだした。ラベルには「みざん」と書いてある。

「山椒の実を醤油《しょうゆ》で薄味に煮たものです。山椒のピリッとした辛さが利いていて、鰻料理と相性抜群です。う巻きとかひつまぶしに使ったら、味が引き立つんじゃないかと思って」

二三も一子もみざんの小瓶に注目した。

「良いわね。パスタとかサラダにも使えそう」

「ふみちゃん、早速使わせてもらおうよ」

「さっちゃん、サンクス」

二三は万里の真似《まね》をして、右手の親指をぐいと立てて見せた。

そして作った試作品は、う巻き、サラダ、ひつまぶし、鰻素麺の四品。う巻きの卵にはみざんを少量混ぜ、ひつまぶしはご飯にみざんを混ぜて、香味野菜の薬味をたっぷり添えた。

「いただきます！」

三人は試作品に箸を伸ばした。

「あ、みざん、良い味出してる！」

う巻きを一箸口に入れて、二三は声を上げた。厚焼き卵の柔らかな甘辛味にみざんのピリ辛味がパンチを利かせ、醬油なしでも味に不足はない。大根下ろしを載せて食べると、後口がサッパリする。

「お酒が進む味だね」

一子も感心したように頷いた。

「ひつまぶし、無理に出汁をかけなくても良いかも、ですね」

香味野菜を混ぜたひつまぶしを咀嚼《そしゃく》して、皐が言った。

みざんと香味野菜が一口大に切った鰻の蒲焼きと混ざり、食べ応えのある混ぜご飯と化している。

「うん。でも、お出汁かけた方が満腹感が出るのよね。ほら、つけ麺よりラーメンの方が麺の量が少ない、あの〝法則〟」

「あ、なるほど」

「鰻素麺も捨てがたいわね」

小鉢に取り分けた素麺をすすり込んで、一子が言った。

鰻の蒲焼きに温泉卵の黄身がからむと、一段と濃厚さが増す。しかしぶっかけ素麺の食べやすさで、ツルツルと喉を通る。

「これなら夏バテの人でも食べられるし」

皐はひつまぶしと鰻素麺の器を見比べた。

「私もそう思うけど、作る手間で言ったら、ひつまぶしの勝ちじゃないですか？　素麺は注文の入る度に茹でないといけないでしょ」

「ところがさっちゃん、この前ユーチューブの素麺動画を観たら、驚くべき新事実があったのよ」

二三は大袈裟に天を仰いだ。

「私、素麺は茹でてから水洗いして、氷水に浮かべるもんだと思ってたの。そしたら、ふやけるから氷水に入れちゃダメなんですって。しっかり水気を切って、少量ずつにまとめて器に盛れって。その時講師の人が言ったのよ。『充分に水洗いしてぬめりを取って水気を切っておけば、二時間程度では伸びません』って。つまり、一回で全部茹でておけば、ランチタイムの間は保《も》つってことよ」

　皐は心底驚いた様子で目を丸くした。

「知らなかった！」

「私も初めて聞いたわ。でも、お陰で何度も素麺茹でる手間が省けた。ユーチューブ様々よ」

　二三は得意そうに胸を反らした。

「……というわけで、どっちにするか」

　二三の言葉を受けて、一子が考え深い顔になった。

「夜ならどっちも出来るわね。ただ、ランチだと……素麺かしらねえ」

　素麺の場合、一枚で何とか三人分作ることが出来る。それならワンコインで出しても、ギリギリ損は出ない。

「よし、決めた。今回のランチは鰻素麺で行こう！」

　二三が高らかに宣言すると、一子と皐は拍手で賛同の意を表した。

「二三さん、お肌の艶《つや》が良くなったんじゃない？」

カウンター越しに菊川瑠美が声をかけた。

「あら、ホントですか？」

豚コマとピーマンを炒めながら、二三がフライパンから顔を上げた。

「ええ。最近、ちょっと艶がなくなったような気がして気になってたんだけど、もうすっかり元通り……もしかしたら、前よりツヤツヤしてるかも知れない」

「あらあ、嬉しい」

瑠美は同意を求めるように隣の康平を見遣った。

「言われてみれば、俺もそんな気がする」

二三も瑠美も思わず苦笑した。そんな細かなことを気にしないのが康平の良いところだ。

「はい、お待ちどおさま」

二三は「豚肉とピーマンの醤油炒め」、別名「とんピー」の皿をカウンターに置いた。ざく切りのピーマンと豚肉を炒め、醤油を垂らして仕上げに七味唐辛子を振る、至ってシンプルな料理だ。二三の亡き母が、夏になるとよく作ってくれた。

「美味しい」

「ご飯が欲しくなる味だ」

瑠美も康平も一箸食べて、大いに気に入ったらしい。

「ご飯、少し出しましょうか？」

康平と瑠美はパッと互いの顔を見て、即座に答えた。

「お願いします！」

「茶碗に七分目くらい！」

二三は二つの茶碗にご飯をよそいながら、思わずゴクリと喉を鳴らした。作っているうちにとんピーでご飯を食べたくなっていた。賄いはちゃんと食べたというのに。

もしかして、鰻のお陰かな？

心の中で自問した。あれから鰻料理の試作品を何品か作り、その度に一子と皐と三人で試食した。そうするうちにいつの間にか食欲が戻り、ちゃんとご飯が食べられるようになっていた。

「さっちゃん、鰻祭りのメニュー、決まった？」

四人で来店した常連のお客さんが尋ねた。

「はい。今年は第一回目なので、奇を衒《てら》った料理はありません。オーソドックスに、う巻き、うざく、それとサラダ、ひつまぶし、鰻素麵。そんなとこです」

「それだって大いにビックリだよ。まさかはじめ食堂で鰻が出るとはなあ」

四人の常連さんは楽しそうに笑顔を見せた。

それを見ると、二三は改めて、多少無理をしてでも鰻祭りをやることにして良かったと思った。ほんの少しでも新しいことを始めれば、お客さんは興味を持って、楽しんでくれる。常連さんの足を途絶えさせず、新しいお客さんを獲得するには、こんな小さくて地道な努力を続ける他はない……。

八時半を過ぎ、お客さんの大半が腰を上げ始めた頃、山下智が現われた。今夜ははなの姿はなく、一人だった。

「検査結果が出たので、お持ちしました。ついでに夕ご飯を」

山下は空いているカウンター席に腰を下ろすと、診療鞄から書類封筒を取りだして、二三に渡した。

「安心して下さい。結果は上々です」

山下の笑顔で、二三も一子も内心安堵《あんど》した。

「ええと、先生、今日はお酒は？」

「当直なんです。冷たいお茶でお願いします」

「それじゃ、お食事ですね。何にしましょうか？」

山下はメニューに目を落とした。

「このとんピーって、何ですか？」

「豚肉とピーマンの醤油炒め。ご飯に合いますよ」

「じゃ、これでご飯セットお願いします。それと、何か野菜を……」

「ゴーヤとキュウリと茗荷のサラダなんて如何《いかが》ですか？　昆布茶と塩昆布で和えて、油は使ってないんです。だからサラダというより和え物で、サッパリしてますよ」

「それ、下さい。夏野菜たっぷりで、美味そうです」

山下の注文した料理が出来上がる頃には、残っていたお客さんも次々に席を立ち、最後は山下一人になった。

「先生、あわてないで、ゆっくり召し上がって下さいよ」

申し訳なさそうに店内を見回す山下に、一子が優しく声をかけた。

手が空いたので、二三は封筒から検査結果の載った書類を引っ張り出した。二三も一子も老眼鏡をかけ、記載された数値に目を凝らした。

二人とも、様々な検査項目で、数値は「健康」を示す上限と下限の真ん中辺にあった。つまり検査結果は至極良好なのだった。

しかし、一子は血圧が、二三はコレステロールの数値が上限を少し超えていた。

テーブルを見ると、山下は食事を終え、皐が二杯目の麦茶を注《つ》いでいるところだった。

「あのう、先生……」

二三と一子は書類を手に、山下に近づいた。

「あたし、血圧が百七十もあるんです。テレビでは盛んに、百三十以上は高血圧って言ってますでしょう？　病院で診てもらった方が良いんでしょうか？」

一子がおずおずと尋ねると、山下はきっぱりと首を振った。

「まったくそんな必要はありません。高齢者の健康データは、研究が始まってまだ短いので、一般には周知されていませんが、所謂《いわゆる》後期高齢者になったら、百三十の血圧では、毛細血管の先まで血液を送ることは出来ません。今のところ出ている統計では、八十歳以上で、健康で長生きする人の血圧はほぼ百七十です。百三十以下の人の方が早く亡くなることが多いんですよ」

思いもかけぬ言葉に、一子も二三も皐も、驚きを隠せなかった。

「だから、一子さんの血圧は理想的です。なにも心配ありません」

山下の優しく力強い言葉に、一子はホッと胸をなで下ろした。

今度は二三の番だった。

「先生、私、コレステロールの値が上限超えてるんです。会社にいる頃は、ギリギリ範囲内だったんですけど」

「それもまったく問題ありません。女性は閉経によって五十くらい数値が上がるようになっています。二十年前よりコレステロール値が高くなるのは、自然現象です」

山下の職業的経験に裏付けられた説明のお陰で、閉経という言葉を聞いてもまったく羞《しゅう》恥《ち》を感じなかった。

「そもそもコレステロールというのは、生まれつきの体質で高低が決まっているものなんです。二三さんは血圧も血糖値も中性脂肪も完全に正常ですから、少しくらいコレステロールが高くても、気にすることはありません。むしろ今の状態でコレステロールを下げる薬を飲んだら、他のバランスが狂いますよ。僕の同級生のお母さんは、生まれつきコレステロールが高い体質だったのに、心配して薬を飲んで、夏でも指先がひび割れるようになってしまいました」

二三もホッと安堵の溜息を吐き、一子と目を見交わした。

「ありがとうございます。実はこのところ急に食欲が落ちて、体力もガタ落ちだったんで、心配してたんです」

山下は真剣な目で二三の顔を見た。

「今も食欲不振は続いていますか？」

「いえ。あの、鰻祭りに備えて三人で試作品作って食べてるうちに、急に回復してきて……。あれは、何だったんでしょうね」

二三は照れ笑いを浮かべたが、山下は真面目な顔で二三に尋ねた。

「春先から今まで、心配事はありませんでしたか？」

胸に手を当てて考えなくても、答は明白だった。

「ありました！　佃の再開発計画が持ち上がって、うちの店も立ち退《の》かなくちゃならないかどうかの瀬戸際で……」

　結局、計画を進めていた大手不動産会社で手抜き工事が発覚して事件になり、再開発計画は中止になった。

「でも、その最中は、食欲は落ちなかったんですけど」

「渦中にあるときは、人間、気を張っていますからね。一段落してから、どっと心労が襲ってきたりするんですよ。そして食べられない日が続くと、今度は胃が小さくなって、どんどん小食になってしまう……」

　言われてみるとそうかも知れない。

　そして、万里。

　口には出さなかったが、二三も一子も、七年弱の間チームとしてやって来た万里の旅立ちを、喜んではいたが、同時に堪《たま》らなく寂しく感じていた。

「でも、不思議なもんですね。鰻を食べたのがきっかけで、どんどん食べられるようになって。一時、汁物と素麺しか喉を通らなかったのに」

「一種のショック療法になったのかも知れませんね」

　山下が穏やかに微笑んだ。

「急に脂の乗った鰻を食べて、眠っていた食欲が目を覚ましたのかも知れませんよ。そうすると、今まで足りなかった栄養を取り戻そうとして、どんどん回復していった」

山下は不意に思い出したようにパチンと指を鳴らした。

「ほら、甘いものは別腹って言うでしょう。あれですよ。人間、空腹と食欲は別なんです。お腹《なか》は空《す》いていないのに無性に食べたくなったり、空腹なのに全然食欲がなかったり。ダイエットにハマってる人は、空腹だと快感を感じるって言いますからね」

山下に諄々《じゅんじゅん》と説明されると、それが真相だと思えてしまう。

「そうですね。そう思います」

二三は今や、そうに違いないと確信した。

はなちゃんも、山下先生は間違ったことは言わないって言ってたし。

「あのう、先生、二三さんと一子さん、健康診断行った方が良いと思いますか？」

皐は自分が二人に健康診断を勧めた手前、気にしているようだ。

「それはお二人が決めることですから」

山下はいかにもな答を返してから、付け加えた。

「ただ、お二人が僕の家族なら『無理して行かなくても良いんじゃない』と言いますけどね。せっかくの夏休みだし」

「そうですよね！」

二三は弾んだ声で言った。

「お姑さん、やっぱりやめようよ。その分、温泉でも行って、のんびりしようよ」

「そうね。鰻祭りもあることだし」

一子はカレンダーを振り返った。

「みんな、夏休みまで、もうひとがんばりしようね」

「おー!」

二三は天に向かって拳《こぶし》を突き上げた。

第三話　たまごのキノコ

「あ、里いも。今年初？」

小鉢の一品、里いもとタコの煮っ転がしを見て、ワカイのＯＬが言った。

「はい。そしてゴーヤはラストです」

小鉢のもう一品はゴーヤの卵炒《いた》め。卵だけを具材にしたゴーヤチャンプルーで、簡単で美味《お》しい。そのゴーヤも、旬《しゅん》は過ぎようとしていた。

九月に入って二週間が過ぎた。暦の上では秋だが、まだ残暑は厳しい。しかし、確実に季節は移ってゆく。

「ねえ、どうして里いもとタコなの？　普通イカじゃない？」

ＯＬの言葉に、皐《さつき》は大袈裟《おおげさ》に溜息《ためいき》を吐《つ》いて頭《かぶり》を振った。

「イカが高くて、使えないんですよ。最近、スーパーでも丸のままのイカ、見かけないでしょ」

「そうなの？」

若いＯＬは自炊していないのか、スーパーの品揃《しなぞろ》えなど興味ないらしい。代りに隣の年長のＯＬが共感を込めて頷《うなず》いた。

「そうそう。刺身は売ってるけど、丸のまんまはなくなったわね。たまにあると、ちっちゃいのが一杯二百円もするし。前は二杯でイチキュッパだったのに」

忌々《いまいま》しげに言うと、麻婆《マーボー》ナスを口に入れてご飯を頬張《ほおば》った。

今日のランチは日替わり定食が麻婆ナスと豆腐ハンバーグ、焼き魚が鮭《さけ》の西京味噌漬《さいきょうみそづ》け、煮魚が鰯《いわし》の梅煮。ワンコインは親子丼《どん》。味噌汁はこれも名残の冬瓜《とうがん》と茗荷《みょうが》、漬物は一子《いちこ》手製のキュウリとナスの糠《ぬか》漬け。これに小鉢二品とドレッシング三種類かけ放題のサラダが付き、ご飯と味噌汁はお代わり自由で、一人前七百円。

家賃のいらない自宅兼店舗でなければ、この値段でこの内容のランチはとても出せない。それに加えて二三《ふみ》、一子、皐の三人が「お客さんに美味しいものを少しでも安く提供したい」という意欲を持っていなければ、やはり無理だろう。

「シルバーウィークはお店、どうすんの？」

親子丼を定食セットで注文したサラリーマンが尋ねた。

今年は敬老の日が十九日の月曜日で、二十三日の秋分の日が金曜に当たり、土曜休みの役所や会社はどちらも三連休になる。

「うちも三連休です。前はカレンダー通りだったんですけど」

「だよね。おばちゃんたち、前期と後期の高齢者だもんな」

「私はまだ二年ありますよ〜」

カウンターの中から二三が叫んだ。

「執行猶予！」

食堂の中にはさざなみのような笑いの輪が広がった。

「まだ、予定決めてないの？」

梓《あずさ》が呆《あき》れたような顔をした。

「今からじゃ、ホテルの予約取れないんじゃない」

時刻は午後一時二十分。ご常連の野田《のだ》梓と三原茂之《みはらしげゆき》は、混雑を避けていつもこの時間にやってくる。

「うちの系列なら、ダブルで良かったらお取りしますよ」

元帝都《ていと》ホテル社長、現特別顧問の三原が口添えした。日本人はダブルベッドを好まないので、ダブルの部屋は予約状況に比較的余裕があるという。

「それがねえ、カレンダー通りにするか、三連休にするか、なかなか決まらなくて」

「気がついたらシルバーウィークが目の前で」

二三と一子は少しバツが悪そうに顔を見合せた。

「夏休みは千葉に行ったのよね？」

「うん。お姑《かあ》さんと出来立ての温泉旅館に泊まって、まったりしたわ」

「良い宿だったわよねえ」

一子は温泉とご馳走三昧《ちそうざんまい》を思い出して、うっとりと目を細めた。

「で、夏は海だったから、秋は山かなって思ったんだけど……」

「山って言うとキノコ狩りとか？」

梓は鰯の梅煮を骨ごと口にした。鰯の骨は軟弱なので、軟らかく煮てあれば障りにならずに食べられる。

「九月なら秋のフルーツ狩りも良いですよ。ブドウ、梨《なし》、リンゴ、栗《くり》、柿《かき》……」

三原は豆腐ハンバーグと麻婆ナスのハーフ＆ハーフをつまみ、相好を崩した。

二三はあきらめ顔で口をへの字に曲げた。

「食堂のおばちゃんになってこの方、休みっていうと家でのんびりが当たり前になってて、旅に出るって発想がなかったのよ。だからつい出遅れちゃうのよね」

かつて大東《だいとう》デパートの婦人衣料バイヤーとして、年に何度も欧米に出張していた日々を思うと、まさに今昔の感がある。もしかしたら、あの時期に一生分旅行してしまったのかもしれない。

「要《かなめ》に頼めばパパッと予定組んでくれるだろうけど、あの子も忙しいし、内々のことで煩わせるのもねえ」

一子もそう言って小さく溜息を吐いた。

「私はひたすら仕事。十七日から十九日までは富山《とやま》と金沢、二十三日から二十五日までは広島と大分《おおいた》で教室と講演会。去年と一昨年《おととし》は流行病《はやりやまい》のお陰でリモートばっかりになっちゃって、今年はやっとリアルに戻ったでしょ。例年より回数が増えたの」

菊川瑠美《きくかわるみ》はイェットで喉《のど》を湿すと、お通しの里いもを口に入れた。

人気の料理研究家なので、地方にもファンは多い。料理頁《ページ》を担当している雑誌が主催する地方の講演会は、料理教室とセットになっている事が多いという。

「大変ですねえ」

二三の言葉に、瑠美はあっさり首を振った。

「全然。地方で応援して下さる読者の方に会える機会って、貴重だもの」

瑠美の口調が少ししんみりとした。

「東京の教室に通って下さる生徒さんだけでなく、雑誌の料理コラムやレシピ本を楽しみにして下さる方たちにも、直接お目に掛かって感謝をお伝えしたいと思ってる。でも、そういう機会を与えてもらえる料理研究家って、ごく一部だけよ。だから、私はすごく恵まれてる。その幸運に感謝しないとね」

人気に驕《おご》ることなく、いつも真摯《しんし》な態度で人に接する瑠美に、二三は感心している。康《こう》平《へい》もおそらくそんなところに惹《ひ》かれたのではないかと思う。

康平は瑠美の隣のカウンターで、生ビールの小ジョッキを飲みながら、スマートフォンを操作していた。

「年が明けたら、一緒に酒蔵回る計画なんだ」

康平は二三に見えるように、スマートフォンの画面を向けた。時代がかった白壁の土蔵が写っている。軒先に茶色く変色した杉玉が吊《つる》されていて、ひと目で酒蔵と分る。

「ちょうど寒造りの新酒が試飲できる頃《ころ》だから、あちこち回ってこようと思って」

「寒造りって、寒い頃に仕込むお酒のこと？」

「そうそう。雑菌が繁殖しないように、冬場の寒い時期に仕込むわけ。温度管理が行き届いてる酒造メーカーなら一年中仕込めるけど、やっぱり寒造りは美味《うま》いよね」

「今更だけど、ひやおろしって、寒造りとどう違うの？」

今度は瑠美が尋ねた。二三も日頃何気なく使っている「ひやおろし」だが、実は正確な意味は知らなかった。

「冬に仕込んで春に一度火入れして、そのまま酒の温度と外の気温が同じになる秋まで寝かせた酒を、ひやおろしって言う。冷やで出荷するから『ひやおろし』。味が熟成してまろやかになる。秋はひやおろしが一推しだね」

「そう言われると、飲みたくなってくるわ」

瑠美はメニューに目を走らせた。

「ええと、秋野菜のグリルサラダ、イチジクとブルーチーズの甘酒和《あ》え、ズッキーニとササミの柚子胡椒《ゆずこしょう》炒め、あとは鰯のカレー揚げ。康平さんは？」

「そうだなあ。キノコとキムチのナムルと……この、肉団子とヒラタケの生姜《しょうが》味噌汁っていうのは、さっちゃんのアイデア？」

「はい。秋はキノコと思って。具沢山なので、おかずになります」

皐は嬉《うれ》しそうに答えた。

「じゃ、それでシメにしよう。ご飯とお新香セットで」

「そうね。私も同じでお願いします」

二三はまず甘酒和えを作った。甘酒とチーズの取り合わせは意外に思われるが、どちらも発酵食品なので、実は相性が良い。そしてブルーチーズはドライフルーツなど甘味のある果物と合せると、酒の肴《さかな》にしてスイーツという、二つの魅力を同時に発揮する。

「おばちゃん、出羽燦燦《でわさんさん》のひやおろし、二合ね。グラス二つ」

康平が早速日本酒を注文した。自分で店に卸しているので、はじめ食堂にあるアルコール飲料は誰《だれ》よりも知っている。

「霞城寿《かじょうことぶき》っていう山形の酒なんだ。出羽燦燦は山形県で開発された酒米で、それを蔵王《ざおう》の雪解け水を使って醸してる。香りは上品で爽《さわ》やか、味はまろやかで雑味がない。それに、クリームチーズと相性抜群なんだ」

康平は楽しそうに瑠美に酒の説明をした。二三はそれを傍《はた》で聞きながら、耳学問で知識を仕入れている。

「ああ、本当に、合う」

甘酒和えをひと箸《はし》つまんで霞城寿を口に含んだ瑠美が、感嘆の溜息を漏らした。

「発酵食品って、酒のために生まれた食べものだよ。酒自体も発酵食品だしさ」

「そうよね」

二人が甘酒和えを食べ終えたタイミングで、二三は秋野菜のグリルサラダを出した。

オリーブオイルをひいたフライパンで蓮根《れんこん》、ナス、カボチャを軽く焼き、リーフレタスと共に皿に盛って玉ネギドレッシングをかけた、サラダと炒め物の中間のような料理だ。

普段サラダに使わない根菜類も、火を通すことで食べやすくなる。

「スーパーに置いてあったフリーペーパーに載ってたの。他の食材でもこのやり方は使えますよね」

二三が訊《き》くと、瑠美は料理研究家らしく、即座に答えた。

「玉ネギとか筍《たけのこ》も良いわね。夏ならピーマン、ゴーヤ、トウモロコシかしら。芋類は何でも大丈夫よ。ジャガイモやサツマイモも良いけど、里いもとか長芋は珍しくて良いかも。

ドレッシングを変えるだけでも目先が変わるし、使い勝手の良いメニューだわ」

ズッキーニとササミの柚子胡椒炒めは、文字通りズッキーニとササミをオリーブオイルで炒めて、柚子胡椒と和風出汁《だし》、酒、塩を混ぜたソースで味付けした料理だ。柚子胡椒のピリ辛が和風出汁の穏やかな味にアクセントを加えて……。

「ご飯も進むし、お酒の肴にも良いのよ」

フライパンにズッキーニとササミを並べながら二三が言うと、康平は大きく頷き、瑠美を見た。

「日本酒って米で出来てる酒だから、ご飯のおかずは何でも合うよ。海苔《のり》、梅干し、お新香、干物、卵焼き……」

「旅館の朝ご飯メニューね」

「そうそう。納豆も合うし」

二人は「だよね！」と口にする代りにカチンとグラスを合せた。

「こんばんは！」

入り口の戸が開き、元気な声と一緒に桃田《ももた》はなが入ってきた。その後ろには訪問医の山《やま》下智《したさとる》が続いている。

「いらっしゃい。はなちゃん、今日も先生のゴチ？」

すっかり馴染《なじ》みになったコンビを前に、皐が軽口を叩《たた》くと、はなもニヤリと笑って応戦する。

「うん。だから、時価でも大丈夫だよ」

もちろん、はじめ食堂に時価メニューはない。

「そんじゃ、特別メニュー考えようかな。山下スペシャル……なんちゃって」

二三は苦笑しながら、二人にカウンターを勧めた。

「先生、スパークリング頼んで良い？」

はなが訊くと、山下はいつものようにニッコリ笑って頷いた。

「そんじゃ、まずイェット二つ、グラスで」

皐がおしぼりとお通しを出すと、山下は手を拭《ふ》きながら、カウンターの二三に声をかけた。

「お宅は、シルバーウィークはどうされますか？　カレンダー通りのお休みですか？」

「一応、十七日と二十四日の土曜日も休んで、三連休にする予定なんです」

すると、山下は素早くはなと目を見交わした。

「もし良かったら、二十三日と二十四日に、皆さんで一泊二日の旅行しませんか？」

「え？」

突然の誘いに、二三と一子は顔を見合せた。

「現地集合だけど、宿代は全部先生持ちだよ」

「はなちゃん、宿代は飛鳥《あすか》社長だから」

「どっちだっておんなじだよ。私たち、ただで泊まれるんだもん」

「どういうお話なんですか？」

皐も二人の前にスパークリングワインのグラスを置きながら、事情が飲み込めず、首を傾《かし》げた。

「実は飛鳥社長は、アメリカに留学していた時代の同級生と、今でも家族ぐるみの付き合いを続けているんです」

飛鳥鉄平《てっぺい》は日本有数の建設会社飛鳥ハウスの社長で、山下を主治医に任じ、息子のように可愛《かわい》がっているという。

「それで今年、奥さん同伴で日本に招待して、日本の田舎で秋を満喫する計画だったんです。南足柄《みなみあしがら》市……神奈川《かながわ》の西の端にある民宿で、飛鳥社長が懇意にしている宿らしいです。ご主人が狩猟免許を持っているので、ジビエが食べられて、裏山でキノコ狩りも出来るそうです。僕も主治医として同行する予定でしたが、先日、先方の奥さんが急病になられて、取りやめになってしまいました。でも、飛鳥社長はすでに宿を予約していたので、キャンセルは気の毒だから、僕に友達を誘って泊まりに行けと……」

それで事情は分ったが、腑《ふ》に落ちない点もあった。

「あのう、飛鳥社長がご夫妻でいらっしゃってもよろしいように思うんですが」

「それが、奥さんが『今更夫婦でキノコ狩りなんかしたくない。老舗《しにせ》の温泉旅館に泊まってのんびりしたい』と仰《おつしや》ったそうで」

いかにもありそうな話で、二三と一子は苦笑を漏らした。

「人数は、何人でも大丈夫です。飛鳥社長はいつも貸しきりで予約しているので、十人くらいは泊まれるそうです」

山下は先回りして説明してくれた。お陰で二三はすぐに、誘うべきメンバーの顔が浮かんだ。

二三と一子と要、皐、万里《ばんり》、そして康平。瑠美は仕事で参加できないが、来年の酒蔵回りで埋め合わせが出来ることだし……。

「さっちゃん、せっかくだから、行かない？」

「私、良いんですか？」

「当たり前でしょ。はじめ食堂のメンバーなんだから」

皐の顔に、パッと嬉しそうな笑みが広がった。

「康ちゃんも一緒にどう？」

一子が誘うと、康平は戸惑い気味に視線を彷徨《さまよ》わせたが、瑠美が背中を押した。

「康平さん、連れてっていただいたら？　キノコ狩りもジビエも、こういう機会でもないと、なかなか体験できないわよ」

それで康平の気持ちは決まったようだ。

「おばちゃん、先生、お言葉に甘えて良いですか?」

「もちろんですよ。今のところ男は僕だけなんで、仲間が増えて心強いです」

山下はにこやかに答えると、二三に向き直った。

「良かったら、万里君にも声をかけて下さい。はなちゃんも会いたがっているし」

「やだなあ、先生。会いたがってるのは万里だよ」

はなは山下をぶつ真似《まね》をしたが、嬉しそうだった。

「さて、話は終ったから、食べ物を注文しよう」

山下がメニューを手に取ると、はながさっと顔を近づけた。今夜も注文の主導権ははなにあるらしい。

康平と瑠美のカップルは順調に料理と酒を腹に収め、いよいよ最後のシメに入った。

「はい、味噌汁セットです」

皐が二人の前にご飯と味噌汁、お新香のセットを並べた。今日の漬物は一子手製のキュウリとナスの糠漬けだ。

「ああ、良い香りねえ」

瑠美が汁椀《しるわん》を手にして、ゆっくりと息を吸い込んだ。たっぷり入れたすり下ろし生姜が香っている。

「前に、刻み生姜を入れた豚汁《とんじる》飲んだことがあるけど、すごい美味かった。肉と相性が良いんだな」

肉団子は牛と豚の合挽《あいび》き肉で作った。微《かす》かに残る肉の臭味を生姜がきれいに消している。

「それに温まるわ。寒い冬なんか、生姜入りの味噌汁は最高ね」

はなは二人の料理を横目で見て、山下に言った。

「ねえ、先生、私たちもシメはあれにしよう」

「そうだね。僕はまだ生姜の入った味噌汁って、飲んだことないんだ」

「私も。気が合うね！」

カウンター越しに山下とはなを眺めながら、二三は何とも幸せな気持ちでフライパンを振るった。


「せっかく誘ってもらって悪いけど、俺《おれ》、ダメなんだ。『八雲《やくも》』の休みは水曜だけで、土日祝日は営業だから」

翌日、ランチタイムの終り近くにはじめ食堂に現れた万里は、幾分恐縮した様子で誘いを断った。

「そうだったわね。残念」

「すまん。先生とはなによろしく言っといて」

万里は右手を立てて片手拝みしたが、残念そうではなかった。今は休暇やレジャーより、優れた親方の下で、料理の腕を磨くことに夢中なのかもしれない。

「でもさ、宿で珍しいキノコ料理食べたら、ここのレシピも増えるんじゃない」

「うん、結構期待してる。秋はキノコの旬だし」

肉野菜炒めをつまみながら、皐が言った。今日の日替わり定食の一品だ。もう一品はコロッケ。

「ところで万里君、日本料理ってやっぱり魚介でしょ。お魚食べられなくて、大変じゃない?」

「まあ、今のところはまだ……。でもさ、親方のお造りって、きれいなんだよね。角がピッと立ってて。俺も、もう少し魚と真剣に向き合わなきゃダメだと、思い始めた」

二三は改めて万里の顔を見直した。わずかの間に表情が引き締まり、はじめ食堂で働いていたときのフワフワした〝チャラ感〟は、拭《ぬぐ》ったように消えていた。

「ところが親方、今年はジビエに挑戦しようかって言い出すんで、ビックリだよ」

「日本料理でジビエ?」

二三は驚いて聞き返した。一子も皐も意外そうに目を丸くしている。

「もともと、一万円のコースは肉料理が追加になるから、牛肉は出してたんだけどさ」

「ジビエって言っても種類があるわよ。イノシシ、鹿《しか》、鴨《かも》、うさぎ、熊《くま》……」

「鴨は昔から食べてたんじゃないかね。ほら、『鴨が葱《ねぎ》しょってやって来た』って言うじゃない」

一子が閃《ひらめ》いたようにポンと膝《ひざ》を打った。

「そう言えばそうよね。大石内蔵助《おおいしくらのすけ》だって討ち入り前に〝鴨めし〟食べてるみたいだし」

「その頃は猟師さんが仕留めたんだろうから、まさにジビエだよなあ」

万里の言葉で、二三は両国《りょうごく》のももんじ屋の前に吊されたイノシシ……おそらく剝製《はくせい》……を思い浮かべた。あれも猟師が仕留めたのだろう。

と、再び一子が閃きを口にした。

「確か、江戸時代は肉を食べることを〝薬食い〟と言ってたんだよ。やっぱり精が付くからだろうね」

一同が大いに納得して頷いたところで、万里が断言した。

「俺の勘では、親方は鹿肉を出したいと思ってる」

「鹿？」

「うん。この前、牛肉より和食との親和性があるとか言ってたし。……俺はよく知らないけど、江戸時代も鹿を食べてたんじゃないかなあ。ほら、猟師さんが獲《と》る動物だから」

「そう言えば、牛は家畜よね。明治になるまで牛肉を食べなかったのは、そのせいかしら」

二三は小鉢の茶碗《ちゃわん》蒸しをスプーンで口に運んだ。

「ただ、ジビエはルートが難しいよね。信頼できる猟師さんと契約して、直で卸してもらえれば一番良いんだろうけど、ツテもないし……」

万里は言葉を切って、豆腐とオクラの味噌汁をすすった。

「通販とかでも売ってるけど、やっぱ、素材は自分の目で確かめないと心配だもんね」

「通販で鹿肉なんて売ってるの？」

皐が再び目を丸くした。

「今はたいていのものは通販で買えるよ。ほら、おばちゃん、前にムスリムのお客さんが来たじゃない。イスラム教徒用のハラール肉、あれだって通販で売ってるし」

イスラム教徒のお客さんがはじめ食堂を訪れたのは、東京オリンピックの三年ほど前だっただろうか。セネガル系のフランス人だという、ハンサムで感じの良い二人連れだった。

イスラム教徒は豚肉とアルコールを口に出来ないとは二三たちも知っていたが、厳密に言えば「ハラール」という、イスラム教の方式に則《のっと》って処理された食材以外は食べられないということは、後に知った。それをきっかけにネットで調べたところ、かなりの種類のハラール認証食品がネット通販で買えることが分った。

あの時は二三も一子も、ネット通販の便利さに随分感心したものだった。

「でも、八雲がどんなジビエ料理作るのか、食べてみたいもんね」

するとと、一子が声を弾ませた。

「八雲で鹿肉を出す日が決まったら、またみんなで行ってみよう。今度はさっちゃんも連れて」

「そうね。一度、万里君が働いてるとこも見たいし」

当の皐はほんの少し申し訳なさそうな顔で一子と二三を見比べた。一緒に働き始めてまだ半年ほどなので、何処《どこ》まで近づいて良いのか、完全には推し量れずにいるのだ。

「青木《あおき》、来いよ。俺の板さんぶりを見たら、励みになるぞ」

「出た、万里のビッグマウス」

二三が囃《はや》すと、みんな口元に笑みを浮かべた。


「神奈川もここまで来ると、もうリゾートね」

駅の改札を抜けた要が、周囲を見渡して呟《つぶや》いた。小さな駅舎の周辺にはのどかな町並みが広がっているが、遠く西の方向には山が連なっている。時刻は午後一時半。九月の終わりの穏やかな日差しが降り注ぐ、絶好の行楽日和だった。

「距離的には熱海《あたみ》より近いのに、リゾート感ハンパないわ」

ここは大雄山《だいゆうざん》線の終点、大雄山駅。小田原《おだわら》駅で伊豆箱根《いずはこね》鉄道大雄山線に乗り換えて二十一分。目指す民宿「牧島《まきしま》」は、駅から車で二十分ほど走った山の中にあるという。

今回、一同は小田原駅で合流した。二三たち一家と康平はご近所だが、皐と山下とはなは住まいが離れているので、その方が都合が良い。

南足柄市は静岡県との県境に近く、富士箱根伊豆国立公園に接している。一同、伊豆や箱根に行ったことはあっても、南足柄市は初めてだった。

二三は今回の旅行に際して、要にも声をかけたが「忙しいだろうから、無理して付き合わなくても良いわよ」と付け加えた。

しかし要はきっぱりと答えた。

「私も行く。お祖母《ばあ》ちゃんと旅行できるの、あと何回か分らないし」

そうだった。一子と共に過ごす日常は、いつか終りが来る。もしかしたらその日が最後になるかも知れない。

だから、一日一日を大事にしよう。後悔することのないように、精一杯大事にしよう。

二三は改めて自分の心に言い聞かせたのだった。

「え〜と、迎えが来てるはずなんですが」

山下が肘を曲げて腕時計を見た。レジャーに来たはずだが、右手には診察用具を詰めた鞄《かばん》を提げていた。いつもよりは多少小型だが。

「先生、あれじゃない？」

はながこちらに走ってくる車を指さした。

車は二台で、駅舎の前でたむろしている二三たちの前で停《と》まった。前の車の運転席にいた初老の男性が降りてきて、山下に近寄った。

「山下先生のご一行ですか？」

「はい、山下です。本日はよろしくお願いします」

山下がお辞儀すると、初老の男性も丁寧に頭を下げた。

「牧島でございます。本日はうちの宿をご利用いただき、ありがとうございます」

牧島が後ろに停めた車を振り向くと、運転席の三十代くらいの男性が窓を開けて頭を下げた。

「あれは倅《せがれ》です。皆さん、二手に分かれてお乗り下さい」

二三と一子と皐、そして康平は父の車に、要とはなと山下は息子の車に乗り込んだ。牧島親子は父が誠司《せいじ》、息子が忠志《ただし》という名前だった。

「さすが、アウトドア派だ。二台ともＳＵＶですね」

康平は助手席に座り、羨《うらや》ましそうに言った。

「なにせ、山の中ですからね」

「いやあ、カッコいいですよ」

二三は後ろから康平に尋ねた。

「ねえ、ＳＵＶって何？」

「スポーツ・ユーティリティ・ビークル。スポーツ用多目的車ってとこかな。舗装してない道や悪路でも安全運転で行ける、アウトドアに最適の車」

「そうなの？　普通の車とあんまり変らないみたいに見えるけど」

「これはクロスオーバーSUVってタイプで、街中や高速でも快適に走れるようになってる。だから見た目はちょっとカッコいい普通の車なわけ。でも、山の中に入ると違いが分る」

「へええ」

二三は改めて車内を見回したが、どこがどう違うのか分らなかった。

「康平さんが乗ってる車は、SUVじゃないの？」

「あれはただのミニバン。主に配達用だから」

話しているうちに車は街を離れ、山の中に入っていった。窓の外の風景が灰色から緑に変った。

「空気の匂《にお》いが違うね」

鼻が鼻から大きく息を吸い込んだ。

「草いきれって言うのかしら……緑の匂いね」

二三も深呼吸した。日頃は超高層建築を遠くに見ながら、建物の密集した下町で暮らしているので、ちょっと山の中に入るだけで空気が美味しく感じられる。

「山下先生に伺ったんですけど、裏山でキノコ狩りが出来るんですか？」

「はい。そっちは私の女房が詳しいんで、ご案内します」

「確か、ご主人が狩猟免許をお持ちだとか」

「私と倅が持っています」

「撃つんですか？」

康平がライフルを構える真似をした。

「いや、銃が使えるのは冬場だけで、今の時期は罠猟《わな》になります」

「罠って言うと？」

「箱罠とくくり罠があります。私はイノシシは箱罠、鹿はくくり罠を使いますね。鉛の弾が身体《からだ》に入らない分、罠で獲った方が肉が美味いと言われてるんですよ。もちろん、キチンと血抜きの処理をしないとダメですがね」

神奈川県では狩猟期間は十一月から二月までと決められているが、有害鳥獣駆除の目的であれば、一年中捕獲が可能だという。

「まあ、動物愛護団体の方には『可哀想《かわいそう》』と言われそうですが、農家も気の毒ですよ。作物を植えて育てて、やっと明日収穫という日の夜、全部ごっそり食べられたりするんですから。それで廃業した農家もあるくらいです」

四人は黙って頷いた。確かに鳥獣の被害は、農家にとっては死活問題だろう。

「不思議なもんで、道端の草なんか、目もくれません。収穫前の、ちょうど美味しく実った作物を狙《ねら》うんです」

「何が美味しいか、動物も分ってるんですね」

「そうなんですよ。数を減らせば確実に被害は少なくなります。だから毎年、ある程度の数は駆除しないとならないんですがね……」

牧島は顔をしかめて溜息を吐いた。

「ただ、猿はイヤですね。奴《やつ》らは頭が良いですから、ライフルを向けると、照準に向かって手を合せるんですよ」

「まあ」

二三も一子も皐も、その場面を想像すると言葉がなかった。猟師だってさぞかしイヤな気持ちがするに違いない。しかし、甘いことは言っていられないのだ。

「猿は果樹を好むんです。農家にとっては高額商品ですから、被害金額もバカになりません」

牧島の狩猟にまつわる話を聞くうちに、目的地に到着した。

民宿「牧島」は山の中腹くらいの所にあった。素朴な古民家風の建物で、囲炉裏が切ってありそうなイメージだった。

「いらっしゃいませ」

車が停まると、玄関から女性が二人出てきて挨拶《あいさつ》した。一人は六十代後半くらいで、もう一人は三十そこそこの感じだ。おそらく誠司と忠志の妻だろう。

「どうぞ、お部屋にご案内します」

二人の女性——誠司の妻はいずみ、忠志の妻は夏帆《かほ》という名前だ——は二三と一子から手荷物を受け取り、先に立って玄関を入っていった。

家に上がると磨き込まれた廊下が延びている。楢《なら》の木を使っているそうで、木目がハッキリして重厚な感じだった。奥の大広間には大きな囲炉裏が切ってあった。想像通りで、二三は嬉しくなった。

「客室はお二階になります」

昔の建物らしく階段は傾斜が急だったが、年寄りや足の弱い人に配慮したのだろう、両側に新しく手すりが取り付けられていた。

二階には四部屋あって、廊下を挟んで二部屋ずつ配置されていた。襖《ふすま》が開け放たれていたので、中が見える。すべて和室で、八畳間が二部屋、六畳が二部屋。そして廊下の奥にはトイレと洗面所が設《しつら》えてあった。

「寝具や寝間着は八畳に三人分、六畳に二人分用意してありますが、本日は貸し切りですので、どうぞ皆さまでお好きに使って下さい」

いずみは愛想良く言ってから尋ねた。

「皆さま、お昼は？」

「小田原で済ませました」

はなが元気に答え、ついでにニヤッと思い出し笑いをした。

「山の宿に泊まるから、昼は海鮮を食べよう」と話がまとまり、小田原駅近くの海鮮居酒屋で昼食を食べたのだが、新鮮な魚介の刺身が安くて美味しく、大当たりだった。

「それでは三十分ほどしましたら、キノコ狩りにご案内します」

「よろしくお願いします！」

一同は威勢の良い声で言って、頭を下げた。

部屋割りは二三と一子と要の一家三人が八畳間、康平と山下が相部屋で八畳間、はなと皐が六畳の個室と決まった。

それぞれ荷物を解くと、一階に集合した。

「こちらをお使い下さい」

夏帆が折りたたみ式ナイフ、軍手、肩から提げられる紐《ひも》の付いた籠《かご》など、キノコ狩りに必要な道具を配った。

「採ったキノコは東京にお持ち帰りできますので」

その一言で二三と一子は目を輝かせた。採ったキノコをはじめ食堂で出したら、きっとお客さんは大喜びだ。

「では、出発します」

いずみが先頭に立って、山道を歩き始めた。どんどん木の茂みが濃くなって行く。いずみが迷わずに進んでゆくのは、これまで何十年も往復して、頭の中に地図が入っているからだろう。

歩き始めて十分ほどするといずみは茂みの中に分け入り、一本の倒木の前でしゃがんだ。

「クリタケがありますよ」

いずみは二三たちを手招きした。近寄ると、倒木ともう一本の切り株に、茶色の丸っこいキノコが群生していた。株になって生えているので量が多く、周辺のあちこちで見つかった。

「クリタケは良い出汁が出るんで、鍋《なべ》物や汁物によく使います。根元から優しく採ってあげて下さい」

いずみがナイフの刃を出して、見本を見せた。手で抜くと根元からごっそり抜けてしまうが、ナイフで優しく根元を切り取ってやれば、来年も収穫が期待できるのだという。

「キノコは蒸れやすいですからね。籠に入れるのが一番なんです」

一同もいずみを見習い、クリタケの根元をナイフで切って、そっと籠に入れた。

「こっちのはナラタケです。これも美味しいですよ。汁物の他に、大根おろしと和えたり……」

ナラタケも茶色の傘のキノコで、クリタケに比べると少し傘が平べったく、どちらかといえば椎茸《しいたけ》に似ている。

「ただ足が早いんでね。採ったらすぐに下処理しないと」

ナラタケをある程度採ると、いずみは立ち上がった。

「もうちょっと奥へ行ってみましょう」

一同はさらに茂みを奥へと進んだ。

「これ、アミタケです」

先頭のいずみが足を止め、切り株を指さした。その周囲に、黄色みを帯びた褐色のキノコが何本も生えていた。たいそう大型で、傘の直径が十センチ近いものもある。

「色々な料理に使われるから、ご存じかも知れないですね」

そして、驚くべきことを口にした。

「ここら辺は赤松の林です。アミタケは、松茸の二週間くらい前に生えるんですよ。だから、もうちょっと遅かったら、松茸も採れたかもしれないですね」

そんなことを聞かされると、複雑な心境になる。あと二週間遅く来れば、松茸に会えたのだろうか？

アミタケを採り終えると、いずみは更に奥へ進み、やがて新しいキノコスポットに到達した。

「ほら、きれいでしょう」

　藪《やぶ》の下草の中に、真っ赤なキノコが生えていた。白い外皮から丸っこい頭を覗《のぞ》かせている様は、殻を破った紅《あか》い卵といった趣だ。それとも小型のルビーマンゴーだろうか。

「タマゴタケっていうんですよ」

　このキノコにピッタリのネーミングだ。

「きれい。でも、毒キノコなんでしょう」

　要が言うと、いずみはきっぱりと答えた。

「とんでもない。食べられますよ。とびきり美味しいキノコです」

　二三たちは全員、色鮮やかなキノコは毒キノコだという固定観念があるので、疑わしそうにタマゴタケを見直した。

「帰ったら瑠美さんに見せてやりたいな」

　康平が呟くと、皐も同調した。

「瑠美先生ならきっと、タマゴタケを使った新しいレシピを考え出しますね」

　いずみが一メートルほど離れた場所を指さした。

「あ、そっちにも生えてますよ」

　山下がキノコに近づき、その前に屈《かが》んでまじまじと見つめた。

「これは、タマゴタケの成長形ですかね？」

傘が大きく開いて、もう卵の面影はない。色も〝蕾《つぼみ》〟に比べると薄く、外側に向かって濃淡のグラデーションになっている。

しかし、自然界で赤は目立つ。目を凝らして周囲を眺めれば、タマゴタケの姿はそこかしこに見受けられた。

「崩れやすいですからね。そっと扱って下さい」

いずみの案内で山中を歩くうちに、木の幹に扇形をした傘を連ねて生えているキノコと遭遇した。大きさは十センチ以上ある。

「それはムキタケ。山のフカヒレって言われてるんですよ。今年は少し早いな」

「フカヒレですか？」

一同、またしても扇形のキノコに目を凝らした。

「表皮の下にゼラチン質の層があるので、食感が似てるんですよ」

ゼラチン質のお陰で皮が剝《む》きやすいので「ムキタケ」と名付けられたらしい。

「ここにもムキタケ、みっけ」

別の木の幹に茶色い半月型のキノコがびっしりと密生していた。はなが手を伸ばそうとすると、いずみが厳しい声で遮った。

「そりゃ、毒キノコだ！」

「え？」

はなは伸ばした手を引っ込めて、いずみを振り返った。

「ツキヨタケっていうんだ。見た目はムキタケと似てるが、喰《く》ったらひどい目に遭うよ」

警戒心でいずみの顔は引き締まり、言葉まで少し乱暴になった。

みんな恐ろしそうにツキヨタケを凝視したが、正直、ムキタケとの違いは良く分らなかった。いずみがいなければ、うっかり採ってしまっただろう。

「あのう、これはどっちですか？」

皐が足下に生えている白いキノコを指さした。傘の大きさは十センチくらいで、柄がほっそりと長く、優雅でとても美しい。

「これはドクツルタケと言って、日本一恐ろしい毒キノコだ。喰ったら洗面器二杯も血を吐いて死ぬと言われてる」

「こわ……」

皐は思わず後ずさった。

「みなさん、これからキノコ狩りに行くことがあったら、白いキノコは採らない方が良いですよ。山に生えてるキノコと、店で売ってるホワイトしめじなんかとは、別に考えて下さい」

山に入ってそろそろ二時間が経《た》とうとしていた。すでに各自が提げた籠はキノコで一杯だ。

「そろそろ戻りますかね？」

「はい！」

一同を代表して、真っ先にはなが答えた。みんなキノコ狩りは充分に堪能《たんのう》した。これから夕飯までのひと時、宿でのんびり風呂《ふろ》にでも入って、ゆっくりしたい。

いずみを先頭に一同は山を下り、民宿「牧島」へ向かった。

「お帰りなさい。お疲れ様です」

玄関を入ると、夏帆がおしぼりを抱えて出てきて、一人一人に手渡した。

「お風呂も沸いてますから、どうぞ。夜の十二時まで入れますので、お食事の後でも大丈夫ですよ」

愛想良く言って、廊下の奥を指し示した。出入り口に「ゆ」と書いたのれんが掛けられていて、その先が浴室だった。

「お風呂の前に、お茶でも飲んで一服しようか」

部屋に戻ると二子が言った。

「疲れた？」

「それほどでもないけど、山歩きなんて久しぶりだから」

二三は注意深く一子の様子を窺《うかが》った。確かに、それほど疲れてはいないようだ。

「私、旅先で泊まるの全部ビジネスホテルだから、こういう日本式の旅館って、久しぶり。修学旅行以来かも知れない」

要は急須《きゅうす》にパックのお茶を二袋放《ほう》り込み、ジャーの湯を注《つ》いだ。

編集者は意外と地方出張が多く、要も最低ふた月に一回は泊まりがけで地方に出掛ける。

二三は編集者は机に座ってする仕事だと思い込んでいたので、どうしてそんなに出張が多いのか訊くと、要は答えた。

「担当してる作家のアテンドもあるけど、地方に住んでる作家との打ち合わせが多いかな。日頃はメールで遣《や》り取《と》りすれば良いけど、大事な局面では直接会って話し合わないと、信頼関係できないから。昔の作家は売れてくると東京へ引っ越したらしいけど、今はそんな人、皆無に近いわ。そもそも本が売れないしね」

二三が菓子鉢に盛られた饅頭《まんじゅう》に手を伸ばしかけたとき、襖の外で「失礼します」とはなの声がした。

はなは立ったまま襖を開けて部屋に入ると、後ろ手に障子を閉めた。

「今、お風呂見てきた。家庭用の風呂よりは広いけど、水道が三つしか無いの。おばさんたち、家族水入らずで先に入ってくれない？　私とさっちゃんは後で入るから」

「それは、わざわざありがとう」

「はなちゃん、男湯は別だよね？　もしかして混浴？」

「残念でした。別です」

はなはそこで畳に膝をつき、二三たちの座卓ににじり寄った。

「ここさ、民宿って言うけど結構高級だよ。台所覗いたら、牧島さんの家族の他に、手伝いの女の人がいた」

「そりゃあ、飛鳥ハウスの社長が贔屓《ひいき》にしてるくらいだから、ただの民宿とはひと味もふた味も違うのよ、きっと」

二三が言うと、要もよだれの垂れそうな顔になった。

「今夜の料理、期待できそう。キノコとジビエは絶対よね」

「というわけで、終ったら声かけてね」

はなはすっくと立ち上がり、部屋を出て行った。


夕食は六時半から大広間で始まった。

一同は囲炉裏を囲んで車座に座った。掘り炬燵《ごたつ》形式でないのが玉に瑕《きず》だが、その代り厚い座布団と座椅子が用意されていた。これだけでも足の負担が軽くなる。

みんな風呂上がりで、部屋に用意されていた浴衣と半纏《はんてん》を着ていた。山の中腹なので、九月下旬の気温は東京より低く、半纏を着ても暑くない。

飲み物は全員、最初はビールだ。生ではなく瓶ビールだった。

最初に鹿の刺身が出された。部位はヒレ肉で、均一で美しい紅色だった。小皿に生姜醬油《じょうゆ》と塩入りのゴマ油が用意され、白髪ねぎが添えられていた。

「お好きに召し上がって下さい。白髪ねぎはお肉でくるんで召し上がると美味しいですよ」

いずみの説明を受けて、一同は鹿刺しに箸を伸ばした。

二三はまず生姜醬油で食べてみた。

「美味しい……！」

肉にまったく臭味はなく、血の味もしない。肉質はしっとりしていながら弾力があり、嚙《か》むと仄《ほの》かな甘味が感じられた。霜降り牛肉の「とろけるような」舌触りとはまったく異質の存在感だ。

「血抜きをキチンとしてありますからね」

誠司がいささか得意そうに言った。

「臭味というのは、血液のせいなんですよ。血液ってあったかいでしょう。それで肉質が悪くなるんです。魚だって釣ったらすぐ締めて血を抜きますよね。原理は同じです」

山下が好奇心一杯の目で尋ねた。

「これは、お父さんと息子さん、どちらがさばいたんですか？」

「倅です」

誠司が台所の方を見た。忠志は台所で作業中だった。

「あのう、例えば通販なんかで買った鹿肉を美味しくする処理って、ありますか」

二三はせっかくの機会なので訊いてみた。

「まず、塩でよく揉《も》んで下さい。肉から血が出てきたら、洗い流します。血が出なくなるまで洗って下さい。どうしても臭味が取れなければ、この作業をもう一度やってみて下さい。それから、牛乳に漬けておく。こうすれば臭味が取れて、肉が軟らかくなります」

二三は誠司の言葉を脳みそに焼き付けた。不思議なもので、人の名前やものを置いた場所はすぐ忘れるのに、料理に関する情報はしぶとく忘れないのだ。

「皆さん、よろしかったら次のお飲み物に、地元神奈川のお酒は如何《いかが》でしょうか？」

いずみが遠慮がちに尋ねた。

「もちろん、いただきます！」

康平が真っ先に答えた。

「お勧めはもしかして〝いづみ橋《ばし》〟ですか？」

「お詳しいですね」

いずみは恥ずかしそうに頷いた。

「奥さんと同じ名前なのが良いですね。それにいづみ橋の純米吟醸はキリッとして、野菜料理やお刺身に合いますよ」

いづみ橋の徳利《とつくり》と猪口《ちょこ》が行き渡ったところで、次の料理が登場した。

「タマゴタケのバター炒めです。色んな食べ方がありますけど、うちではこれが一番のお勧めです」

炒めたタマゴタケは鮮やかな紅い色素が抜け、全体にオレンジ色を帯びていた。

「……！」

ひと箸口に入れて、二三も他のメンバーも、一瞬息を呑《の》み、言葉を失った。

美味しいのだ。傘はしっとりとして弾力があり、柄の部分はシャキシャキした食感だった。そして、噛むと強い旨味《うまみ》がほとばしった。少しナッツに似た風味で、バターとの相性も抜群だ。そして嫌なキノコ臭さがまるでない。

「こんなキノコ、食べたことない」

「私も」

「どうしてこんな美味いキノコ、東京では売ってないんですかね」

康平がぼやくと、山下も大きく頷いた。

「まったくです。美味いもんは東京に集まると思ってましたが、浅はかでした」

「タマゴタケは壊れやすいんで、東京まで運べないんですよ」

「だからこそ、こちらに伺った甲斐《かい》がありましたよ。冥土《めいど》の土産が増えました」

一子の言葉にみんなは笑ったが、二三だけはひやりとした。すると一子が軽く二三の背をなで、小さく頷いた。二三は「大丈夫。安心して」と言われたような気がした。

忠志が台所から真っ赤に熾《おこ》った炭を運んできて、囲炉裏にくべた。続いて夏帆が鉄鍋を五徳の上に置いた。煮立った鍋から美味しそうな匂いが漂ってくる。

「キノコのみぞれ鍋でございます」

いずみと夏帆が椀に料理を取り分けて、みんなに配った。

山で採ったクリタケ、ナラタケ、ムキタケ、アミタケが入った汁は醤油仕立てで、キノコの出汁がたっぷりと含まれている。大根おろしが粘りけのある汁にからんで、更に旨味を引き立てていた。

「……すごい。やっぱり一番出汁が出る食材は、貝とキノコね」

皐が感嘆の声を上げた。

「キノコと大根おろしだけで、こんなに食べ応《ごた》えがあるなんて」

「恐るべし、キノコパワー」

要とはなも夢中で箸を動かしている。

鍋が空になったところで、いよいよ最後の料理が運ばれてきた。

「鹿肉の赤ワイン煮です」

マッシュポテトを敷いた皿の上に、肉の塊がこんもりと盛り付けられている。ナイフを入れると何の抵抗も無く刃が肉に降りてゆく。口に入れれば……。

「柔らか！」

繊維がハラハラとほどけ、ゼラチン質の歯触りと共に、ソースの旨味を含んだ肉の味が口いっぱいに広がった。脂を含まない肉の旨味は濃厚だ。

「これ、鹿のどの部分ですか？」

「脛《すね》と首です」

忠志が答えた。

「ヒレやロースはステーキでも美味いですが、脛と首は鹿が一番動かす部分なので、肉が引き締まっていて、焼いただけじゃ固くて食べられないんです。でもその分、煮込むと美味いんですよ」

夏帆は煮込みに合せて赤ワインを勧めてくれた。

「それ、行こう。この味なら銘柄関係なく、どんな赤ワインでもバッチリ合うよ」

康平のお墨付きで、みんな気分良く赤ワインを飲んだ。確かに、赤ワイン煮込みに赤ワインは大正解だった。

シメはタマゴタケの炊き込みご飯。加熱されて色は全体に黄みがかっていた。そして、味はもはや言うまでもない。

食後のお茶を飲み終えると、みんな山下に向って最敬礼した。

「山下先生、ありがとうございます」

「お陰様で、こんな贅沢《ぜいたく》が出来ました」

山下はあわてて両手を振った。

「いや、別に僕じゃなくて、飛鳥社長のお陰ですから」

「その飛鳥社長に気に入られてる先生のお陰だよ」

はなはそう言ってから、ニヤリと笑った。

「みんな、先生に友達いなくて良かったね」


しばらく雑談で時を過ごし、九時にはみんな部屋に引き上げた。

「牧島」のサービスは旅館並みで、部屋にはすでに布団が敷かれていた。

「久々に早寝しよう」

二三たちは布団に入り、十時には部屋の電気を消した。

そしてそれから一時間もしないうちに、異変が起こった。

要が布団の中で何度も寝返りを打ち、やがて弱々しい声で言った。

「なんか、胃の辺が痛い」

「大丈夫？」

二三も一子もあわてて起き上がり、部屋の電気を点《つ》けた。要の顔は蒼白《そうはく》で、額に脂汗を浮かべている。

「う……」

口元を押さえると、立ち上がってよろよろと部屋を出た。二三もあわててその後に続いた。

要はトイレに入ると、個室のドアを閉める間もなく、便器に顔を突っ込んでおう吐した。

二三は背中をさすってやりながら、血の気が引くのを感じた。要は母親譲りの丈夫な身体で、これまで大きな病気をしたことがない。大学を卒業してから行った病院は歯医者くらいだ。

二三は何とか要を支えて部屋に戻ったが、胃の中の物を全部吐いても要の体調は少しも改善せず、今度は腹を押さえて苦しみだした。

「痛い……」

「ふみちゃん、山下先生を呼んできて」

一子が言った。その顔には強い覚悟が見て取れた。

二三は半纏を引っかけると、小走りに山下の部屋に向った。

「先生、すみません、急患です」

襖の外から声をかけると、間髪を入れずに応答があった。

「すぐ行きます」

寝起きとは思えない、ハッキリした口調だった。夜中に急患で起こされるのが習慣になっているからだと、二三はそれだけで頼もしかった。

山下は三秒で外に出てきた。浴衣に半纏を引っかけた格好で、片手に診療用の鞄を提げている。

「三十分くらい前から、要が苦しみ出して。今し方、大量に吐いたんですが、今度はお腹《なか》が痛いって」

二三は山下の後を歩きながら早口で説明した。

山下は部屋に入ると、まず体温計を取り出し、要の脇《わき》に挟んだ。それから脈を取り、聴診器を当てた。

「三十七度二分か」

体温計の目盛りを見て呟くと、今度は腹に手を当てて触診をした。要はひたすら歯を食いしばっている。

山下が振り向いて二三を見た。

「息子さんを起こして、車を出してもらって下さい」

「先生、救急車の方が？」

「いや、ここへ来るまで時間がかかる。こっちから運んだ方が早い」

二三は再び部屋を飛び出して、階段を降りた。

その頃には異変に気付いた皐とはなも起きて、部屋にやって来た。康平も寝ぼけ眼をこすりながら二人の後ろに立った。

忠志が二階に上がってきたときには、山下はすでに洋服に着替えていた。

「先生、どんな具合なんですか？」

「予断を許さない状況です。これから病院へ運ぶので、車を出して下さい」

「はい、すぐ用意します」

「救急病院の連絡先は分りますか？」

「はい、大丈夫です。夏帆に連絡させます」

忠志はすぐに階下へとって返した。

要は二三に支えられて何とか立ち上がったが、足下が覚束《おぼつか》ない。すると康平が背を向けて膝を曲げた。

「要、立てる？」

「乗って。下まで負ぶってく」

要は倒れ込むように康平の背中に身体を預けた。

二三は要の鞄から保険証の入っている財布を抜くと、自分の鞄を手に、康平の後に続いた。

やがて、玄関先から車の発進する音が聞こえた。

誠司といずみも心配して部屋を訪れてきた。

「急病のお客さん、どんな案配ですか？」

「おう吐と腹痛が……。それと微熱があったみたいです。詳しいことは、あたしどもには何とも」

一子が言葉を切ると、スマートフォンで検索していたはなが、恐怖で顔を引き攣《つ》らせた。

「もしかして、毒キノコじゃない？」

その場にさっと緊張が走り、全員が凍り付いた。

「はなちゃん、滅多なことを」

一子があわててたしなめたが、はなはすっかり恐怖に呪縛されていた。

「だって、ウィキに出てるよ。おう吐、腹痛、発熱って。おんなじじゃない」

「うちは先代から続いて五十年以上民宿をやってますが、今までキノコに中《あた》ったお客さんは一人もいません」

誠司が強い口調で断言したが、いずみは顔を強張《こわば》らせて押し黙っている。キノコ採り名人のプライドが傷ついてしまったのだ。

「ご主人の仰るとおりですよ。もし毒キノコに中ったのなら、あたし達だって具合が悪くなっているはずでしょ。同じものを食べたんだから」

一子の言葉ではなも康平も皐も一応は納得した。しかし、その心の片隅に芽生えた「もしかして」という疑惑は、容易に拭い去れなかった。

もしかして、たった一本混じっていた毒キノコが、要の器にだけ入ったのかもしれない。

それなら……。

まんじりともしない時間が過ぎてゆく。

「皆さん、部屋に戻って休んで下さい。詳しいことが分り次第、ふみちゃんか先生から連絡があると思いますから」

一子が声をかけて、皆を部屋に引き取らせた。

それから三十分ほど経った頃、皐のスマートフォンが鳴った。画面を見るまでもなく、二三からだった。一子はスマートフォンを持っていないから、自分に連絡が来るだろうと思っていたのだ。

「さっちゃん?」

二三の声が流れた。その声音から、皐は悪い知らせではないと悟った。

「要ね、急性虫垂炎！　盲腸だった。お姑さんに伝えて」

「分った。今、一子さんに代るから、ちょっと待ってて！」

皐はスマートフォンを片手に部屋を飛び出した。一子の安心する顔が目に浮かんだ。

その夜、三時を過ぎた頃、二三と山下は忠志の運転する車で帰ってきた。

二三は足音を忍ばせて部屋に入ったが、一子は眠らずに待っていて、すぐに布団から身を起こした。

「要、どうだった?」

「明日、朝一で手術だって。ただ、内視鏡だから、開腹手術に比べると身体の負担はかなり軽いそうよ。五日で退院できるって」

一子が頭の中で曜日を数えようとすると、二三が首を振った。

「お姑さん、手術が無事に終って、要が麻酔から覚めたら、私達は明日東京へ帰ろう」

「付き添っていなくて大丈夫?」

「心配ないって、山下先生も言ってた。退院するとき、一人で電車に乗るのが不安だったら、私が迎えに行くから」

「そう。山下先生がそう仰るなら」

「お姑さん、もうすぐ夜が明けちゃう。少し寝ておこうよ」

二三は無理に明るい声で言って、布団に潜り込んだ。一子も横になった。すると緊張から解放されたせいか、朝の七時まで、二人は夢も見ずに熟睡した。

翌朝、朝食の席で、山下が要の容体について説明した。急性虫垂炎と聞いて、康平とはなは明らかにホッとした顔になった。

いずみと夏帆が台所からお櫃《ひつ》と味噌汁の鍋を運んできた。食卓にはオムレツ、アジの干物、海苔、漬物の皿が並んでいる。

「タマゴタケのオムレツと、キノコ四種の味噌汁です。よろしかったらお代わりして下さい」

いずみが茶碗にご飯をよそいながら言った。

はなは立ち上がり、いずみの前に進み出ると、畳に手をついて頭を下げた。

「いずみさん、昨日はごめんなさい」

いずみはしゃもじを持ったまま、呆気《あっけ》に取られて動きを止めた。

「パニクって、心ないことを言ってしまいました。浅はかで、恥ずかしいと思っています。反省します」

康平と皐も、居心地悪そうに項垂《うなだ》れた。

「すみません。俺も正直、疑ってました。本当に失礼しました」

「私もです。ごめんなさい」

いずみは口元に笑みを浮かべて首を振った。

「いいえ。心配なさるのは当然です。毎年毒キノコの中毒事件が起きてますから」

そして、切実な口調で付け加えた。

「私も今度のことを教訓にして、慢心しないように、注意深くキノコ採りを続けます」

最後に二三と一子を見て、労《いたわ》るように言った。

「お嬢さんのことは心配ないですよ。入院中は私か夏帆ちゃんが、病院に様子を見に行きますから」

二三も一子も、感謝を込めて深々と頭を下げた。

と、先ほどの神妙さとは打って変って、はなが頓狂《とんきょう》な声を上げた。

「タマゴのキノコのオムレツ、バカうま！」

第四話　うどんと名月

九月末になるとすっかり秋らしくなる。日中は暖かいが、朝晩は少し肌寒い。その空気が冬の訪れの兆しとなる。

デパート勤めだった頃《ころ》の二三《ふみ》は冬が嫌いだったが、食堂のおばちゃんになってからは、そうでもない。冬も存外良いものだと思うようになった。

「鍋物《なべもの》が美味《おい》しいしね」

肉じゃがに箸《はし》を伸ばした一子《いちこ》が言った。

「そうそう。小鍋立てもそろそろ始めようか」

文化鯖《ぶんかさば》の身をほぐしながら二三が答えた。

今はランチタイムが終わり、はじめ食堂のメンバーと万里《ばんり》は賄いの最中だった。

本日の日替わり定食は肉じゃがとチキン南蛮、焼き魚は文化鯖、煮魚はカラスガレイ。ワンコインは豚丼《ぶたどん》。小鉢は茶碗蒸《ちゃわんむ》しと切干し大根。味噌汁《みそしる》は豆腐と椎茸《しいたけ》、漬物は一子手製のカブの糠漬《ぬかづ》け。さらにドレッシング三種類かけ放題のサラダが付いて、ご飯と味噌汁はお代わり自由。これで一人前七百円は努力賞ものだと、二三は自画自賛している。

「小鍋立てなんですけど、昼の新メニューでスンドゥブやりません？」

皐《さつき》が茶碗蒸しをスプーンですくって口に入れた。

「ああ、韓国の豆腐鍋ね」

豆腐と肉とアサリ、そしてキノコと野菜をピリ辛スープで煮た鍋料理は、すっかり日本に定着して、コンビニでも売っている。

「おかずになるから、ランチでも出してみません？　うどんを入れてワンコインにするのもありだと思うんです」

「そっか。それは使える」

チキン南蛮を頬張《ほおば》った万里が、パチンと指を鳴らした。

「小鍋立てはみんなうどん入れて、ワンコインに出来るんじゃない？」

「そうねえ。考えてみれば鍋のシメって、雑炊かうどんよね」

二三も一気にイメージが膨らんできた。寄せ鍋、石狩鍋、豆乳鍋、すき焼き……全部うどんを入れたらワンコインに変身する。

「今までランチで小鍋立てを出したことがないから、お客さんも喜ぶんじゃないかね」

一子もすっかりやる気になっていた。

「やよい軒にも鍋物定食あるし、受けると思うよ」

万里が太鼓判を押した。

「それに、キツネやタヌキじゃなくて、スンドゥブっつーのが新鮮じゃない」

二三が一子と皐の顔を見た。

「来週からやってみない？」

「そうだね」

「賛成！」

アイデアをすぐに実行に移せるのが、少数精鋭（？）のはじめ食堂の強みだ。

「そうそう、万里君、牧島《まきしま》さんのジビエ、どうだった？」

二三は要《かなめ》の入院で世話になった、牧島家の人たちと交流を続けることにした。牧島家は民宿を経営していて、主人の誠司《せいじ》と息子の忠志《ただし》は狩猟免許を持つ猟師で、獲物はジビエ料理としてお客さんに提供している。非常に美味しかったので、万里にも報告した。

折しも万里が修業している割烹《かっぽう》「八雲《やくも》」では、主人の八雲周作《しゅうさく》が店で新たに鹿《しか》肉料理を提供したいと発案して、安心できる仕入れ先はないかと探しているところだった。万里が牧島のことを伝えると、周作は妻の千佐子《ちさこ》と共に牧島を訪ねた。そして……。

「鹿肉の刺身と赤ワイン煮を食べて、すごい美味《うま》かったって。肉質が良いんで、他の調理法も色々試してみたくなったって」

周作は「八雲」に定期的に肉を卸してもらいたいと頼んだ。しかし誠司は「自分が丁寧に下処理した肉が不味《まず》い料理になったら困る。正直、肉を扱い慣れていない和食の料理人には不安がある」とためらった。

「そんで親方は、店に牧島さん一家を招待したんだ。自分の舌で『八雲』の料理を味わって、判断して下さいって」

「まあ、すごい。何だか料理対決みたいね」

「親方の自信の表れだよ」

「そうね。八雲さんならきっと、鹿肉を使った美味しい日本料理を作れるわ」

二三はかつて一度だけ訪れた「八雲」の料理を思い出した。あの素晴しい出汁《だし》の味は今も舌に残っている。

「万里君、お店で鹿肉を出すようになったら教えて。さっちゃんと要も連れて、みんなで食べに行くから」

一子が言うと、万里は嬉《うれ》しそうに頷《うなず》いた。傍らで皐も目を輝かせている。

「楽しみだわ。私も一度、万里君がどんなお店で修業してるのか、見たかったの」

そしていくらか遠慮がちに付け加えた。

「でも、私、自分の分はちゃんと払いますから」

「水くさいこと言わないの。さっちゃんはもう、はじめ食堂のファミリーなんだから」

「そうよ。よそのお店の味に触れるのは、料理人には大切な勉強なのよ」

一子は亡き夫の孝蔵《こうぞう》が修業時代、給料を貯《た》めては二、三ヶ月に一度、高級レストランのディナーを食べに行っていたことを思い出した。孝蔵の弟子の若い料理人たちも、きっと同じことをしていただろう。

そう思うと懐かしい顔が次々瞼《まぶた》に浮かんできて、つい想《おも》い出《で》に耽《ふけ》りそうになる。一子は万里に「はい、術は覚めました」と茶化される前に、現実に立ち戻った。

「スンドゥブって、初めてよね？」

翌週月曜日のランチタイム、二人で来店したワカイのＯＬが皐に尋ねた。

「はい。本日デビューです」

「じゃ、私、これ」

「私も……って、うどんもあるのか」

隣のＯＬが日替わり定食とワンコインで迷い始めた。

「ご飯なしでセットにしますか？」

「うん、そうする」

「日替わりのスンドゥブとワンコインセット！」

皐はカウンターを振り返り、厨房《ちゅうぼう》に注文を通した。

今日のはじめ食堂のランチは、日替わりがスンドゥブと豚の生姜《しょうが》焼き。焼き魚が赤魚の粕漬《かす》け、煮魚が鯖の味噌煮、ワンコインがスンドゥブうどん。小鉢は煮玉子とマカロニサラダ。味噌汁はジャガイモと玉ネギ。漬物はカブの糠漬け。

初登場のスンドゥブは十二食出た。予定していた十五食には届かなかったが、豚の生姜焼きは人気メニューだし、赤魚は皿からはみ出るほどのボリュームだった。ライバルの顔ぶれを考えれば、まずは健闘したと言える。

「冬に向かって、ランチの小鍋立ては良いわね」

赤魚の身を骨から剝《は》がしながら野田梓《のだあずさ》が言った。

「今度はどんな鍋にしますか？」

豚の生姜焼きに箸を伸ばした三原茂之《みはらしげゆき》が尋ねた。

「すき焼きは外せないですね。その次は豆乳鍋かしら」

二人のテーブルに「ご試食用」のスンドゥブの小鉢を置いて、二三は答えた。

「味噌味の石狩鍋って思ったんですけど、最近、スーパーに並んでる鍋つゆのラインナップ、味噌はあんまり人気ないみたいなんです。むしろイタリアンなトマト味とか、昭和生まれには想像も出来ないような代物が幅を利かせてて……」

「僕は牡蠣《かき》の土手鍋、好きだなあ。冬になったら是非一度出して下さい」

三原の言葉に、梓も大きく頷いた。

「やっぱり昔ながらの味って、あたしたちには合うのよ。うどんは鍋焼きが一番好きだし」

「子供の頃はお蕎麦屋《そばや》さんでうどんと言えば、鍋焼きだったわよねえ」

二三も近所にあった蕎麦屋を思い出した。確か昔は東京に「釜揚げうどん」はなかった気がする。あれは所謂《いわゆる》うどん専門店が進出してから広まったのではなかろうか。

「……月見うどん」

無意識のうちに口から漏れた。

「急に、どうしたの」

「いや、何となく」

一呼吸遅れて、突然月見うどんが思い浮かんだ理由が分った。

「お月見よ。十月と言えば名月じゃない。それで連想したんだわ」

「あ、なるほど」

「ねえ、ふみちゃん、今月はお月見特集なんか、どう？」

二三と梓の遣《や》り取りを聞いていた一子が、不意に閃《ひらめ》いた。

「今はハロウィンなんだろうけど、やっぱりあたしにはお月見の方がしっくりくるわ」

皐がパチンと指を鳴らした。

「それ、全然イケますよ。例えばいろんな料理に生卵か目玉焼きをトッピングするだけで、お月見バージョン完成ですよ」

「そうか、なるほど。卵は使えるわ」

　二三の頭の中では生卵や目玉焼きをトッピングした料理が、ベルトコンベアに載って次々と現われた。


「で、どうだった?」

　辰浪康平《たつなみこうへい》がカウンターに腰を下ろして早々、二三は注文も訊《き》かずに尋ねた。

「うん。まあまあ。一応ちゃんと報告は出来たし」

　辰浪康平はつとめてさりげなく答えたが、内心は照れていた。何しろ昨日の日曜日、婚約者といって差し支えない菊川瑠美《きくかわるみ》の実家へ挨拶《あいさつ》に行ってきたのだ。

「先生のご両親、どんな感じだった?」

「二人ともまだ若いね。七十二歳だっけ。お父さんは勤めは定年退職して、今は自宅の田んぼでお母さんとお米作ってる。身体《からだ》動かしてるから健康なのかな」

　瑠美の実家は福島県会津若松市にあり、父は元公務員で母は専業主婦。県警職員の兄一家が同居しているという。

「瑠美さんも言ってたけど、大学から東京に出てきてずっとだから、もうこっちの方が長いでしょう。とっくに親離れ、子離れが出来てて、ご両親も娘のことは本人の好きなようにって感じだった」

「康平さん、お飲み物は?」

皐が傍らに立っておしぼりを差し出した。

「そうだな。小生」

「でも、まあ、そのくらいドライな方が、康平さんとしては助かるでしょ」

二三はお通しのマカロニサラダを小鉢に盛り、康平の前に置いた。

「だね。お父さんに『結婚は許す。その代り、君を一発殴らせろ』なんて言われたら、俺《おれ》、困るもん」

康平は冗談めかして言ってから、少し声を落とした。

「彼女は何も言ってないけど、俺はどうも、菊川家の中で瑠美さんはちょっと浮いてるような気がしてさ」

「浮いてるって?」

康平は生ビールのジョッキに口を付けてから、先を続けた。

「要するに、お父さんもお兄さんも公務員じゃない。堅い仕事だよね。それに比べると料理研究家って、柔らかいでしょ。それにマスコミに出たりして、芸能界っぽいっつーの?」

言わんとすることは二三にも一子にも皐にも伝わった。

「分るわ。お父さんやお兄さんから見ると、瑠美先生の仕事は、不安定で確実性に欠けるってことね」

「そうそう」

「それに、四十代半ばまで独身っていうのも、ご両親やお兄さんにはマイナス要素なんでしょうね」

皐が軽く溜息《ためいき》を吐《つ》いた。性同一性障害という重荷を背負って生きてきた経験から、家族も社会も自分たちと違う人間を容易に受け容《い》れてくれないと、身に沁《し》みて知っている。菊川家の中で異質の生き方を選んだ瑠美の疎外感が、手に取るように分るのだろう。

「でもさ、お母さんと兄嫁さんは違うみたい。料理研究家は女性に人気の仕事だから、きっとママ友やババ友に鼻が高いんだよ。瑠美さんの書いたレシピ本や連載してる雑誌、リビングに揃《そろ》ってた」

それを聞いて二三はホッとした。

「良かった。お母さんと兄嫁さんが分ってくれれば、充分ね」

「それに彼女自身、もう吹っ切れてるから」

康平はメニューに目を落とした。

「そうだ。今日は先生と待ち合わせ?」

「いや。彼女は打合せのあと会食だって。えーと、まず銀杏《ぎんなん》。それから海老《えび》と青梗菜《チンゲンサイ》の中華炒《いた》め、里いものひき肉餡《あん》かけ。あ、ルッコラのサラダももらっとく。ベジファーストって言われてるから」

康平は滞りなく注文を決めた。

「瑠美先生の教育が行き届いてるわね。一人で来てもベジファースト」

「丈夫で長生きしたいから」

康平はさらりと答えて生ビールのジョッキを傾けた。

ルッコラのサラダは洗って水を切ったルッコラに塩とオリーブオイルと粉チーズをかけただけ。至ってシンプルだが、生野菜を食べた感がハンパない美味しさだ。目黒《めぐろ》にあった名店「メッシタ」のメニューで、瑠美の勧めではじめ食堂でも出すようになった。

「はい、まずはサラダ、どうぞ」

皐がサラダの皿を出すと、二三はフライパンで銀杏を炒《い》り始めた。

「康ちゃん、来週、お月見特集をやることにしたの」

カウンターの隅に腰掛けている一子が言った。

「月見団子でも飾るの？」

「さっちゃんがね、目玉焼きや生卵を料理に載せたらどうかって。お月見にあやかって」

「それ、面白いじゃない。俺、ハンバーグに目玉焼きのトッピング頼もうかな」

康平はルッコラのサラダを勢いよく口に放《ほう》り込んでいる。さっさと片付けて次の料理に行きたい気持ちの表れのようだ。

「月見うどんから始まった企画なんで、うどんも何種類か用意したいんです。全部卵のトッピング付きで」

「うどんはシメにいいよね。丼《どんぶり》でなくて小鉢サイズで」

「あ、そうですね。そうします」

皐は炒り上がった銀杏の皿を受け取って、康平の前に置いた。

「それとさ、おばちゃん。今度の連休、瑠美さんをうちの親に紹介するんだ」

「あら、まだだったの」

「いや、お互い気軽に会ってたから、どうも改めて堅苦しいことするのが面倒でさ。ついつい延び延びに」

「でも、ちょうど良い機会だわ。向こうのご両親にも挨拶したことだし」

「だよね」

康平は銀杏を口に入れ、ジョッキを傾けて生ビールを飲み干した。


十月十日の月曜日は祝日で食堂はお休みだった。

「スポーツの日ってどうなの？　体育の日で良いじゃない」

二三は茶の間で一子と遅い昼ご飯を食べていた。テレビはBGM代りのワイドショーを放送している。いつもは食堂で働いている時間なので、ささやかな贅沢《ぜいたく》だ。

「せっかく本来の十月十日がお休みになったっていうのに」

「体育の日は、前の東京オリンピックの開会式だったのよね」

「そうそう。私、開会式テレビで観《み》たわ」

「この頃はお休みがみんな月曜日に移動しちゃうから、何の日か見当も付かないわ」

「ハッピーマンデーってやつよ。本当は庶民のために連休にしてくれたわけじゃなくて、政治家が地元に帰って活動しやすくするためらしいわ」

二三が湯飲みを手にしたとき、一階のインターホンが鳴った。

「はい」

壁のスイッチを押すと、康平の母、辰浪京子《きょうこ》の顔が画面に映った。

「すみません。お休み中に」

「いいえ。すぐ参りますので」

二三は一子を振り返って「康平さんのお母さん」と告げてから、階段を降りた。一階の勝手口の扉を開けて京子を店に通した。

「いつも息子がお世話になりまして」

京子は勧められた椅子《いす》に腰を下ろす前に、丁寧に頭を下げた。

「とんでもない、こちらこそ康平さんにはどれほどお世話になっているか分りません。うちのお酒類は全部康平さんのアドバイスで揃えたものです。それに、本当にありがたいお得意様です」

二三も深々と頭を下げた。

「あのう、商売ものであれですけど、こちらをどうぞ」

京子は紙の手提げ袋を差し出した。中に入っている箱は、銘酒黒龍《こくりゅう》の四合瓶だった。

「とんでもない。うちの方こそお世話になりっぱなしで……」
二、三回押し問答を繰り返してから、二三はありがたく受け取った。黒龍の分は康平の勘定から引くことにした。
と、二階から一子が降りてきた。手には客用の湯飲みを載せた盆を持っている。

「奥さん、どうぞお構いなく。すぐ失礼しますから」

京子は恐縮して立ち上がり、再び頭を下げた。

「ま、どうぞお楽に」

一子は二三と並んで腰を下ろし、京子と向き合った。

「ところで今日は、何かご心配でも？」

前置き抜きでズバリと聞くと、京子は肩の力を抜き、思い切ったように口を開いた。

「昨日、康平が菊川瑠美さんをうちへ連れてきました。交際していることは去年のうちに聞いてました。将来は結婚を考えているとも」

そこまでは二三も一子も予想していた通りの内容だった。しかし、次に続いた言葉は、二三も一子も想定外だった。

「康平はあの人と結婚して、本当に幸せになれるんでしょうか?」

一瞬、二三と一子は言葉を失い、互いに目を見交わした。

「……あのう、それはどういう意味で仰《おつしや》ってるんでしょう?」

「言葉通りです」

京子はいささか苦々しげな口ぶりで先を続けた。

「簡単に言えば、一事が万事、あの人が一番で康平が二番なんです。結婚しても仕事を続けるっていうのは、今の時代当然かも知れません。でも、生活のリズムを壊したくないから結婚しても同居はしない、今まで通り自分の家に住んで別居するって、どうなんですか?」

「あのう、康平さんは何と?」

「言いなりですよ、あの人の」

瑠美を指す〝あの人〟という言葉のニュアンスに、京子の気持ちが如実に表れていた。本当は〝あの女〟と言いたいのかも知れない。

「瑠美さんの意志を尊重したいの一点張りです。そりゃあ、あの人は良いですよ。ずっと一人で仕事してきたわけだから。それに有名人だし。でも、康平は平凡な子です。別居結婚なんかに馴染《なじ》めるわけがありません。結婚したら奥さんにご飯を作ってもらって、身の回りの世話を焼いて欲しいはずなんです。それが言えないのは惚《ほ》れた弱みで、無理してるからなんです。無理に無理を重ねて結婚して、それで幸せになれると思いますか？　その前に、そんな結婚が続くと思いますか？」

京子の言うことは、ある意味的を射ていた。確かに康平は平凡な男だ。相手が瑠美でなかったら、別居結婚など考えたりしなかっただろう。

「康平は長男なんですよ」

京子は怒りのこもった声で言った。

「古いかも知れませんけど、うちは商売屋ですから、長男は跡取りと思って育てました。差別と言うんじゃないですが、次男は結婚したら家を出て別に所帯を持つと、子供の頃から暗黙の了解がありました。それが長男のくせに別居結婚だのなんだのって、もう情けなくて」

康平の弟順平《じゅんぺい》は酒造メーカーに勤務し、同じ会社のOLと結婚して子供が二人いる。

京子は更に決定的な言葉を口にした。

「それにあの人、三十四、五歳かと思ったら、実際は十歳も年が多かったんです。それじゃ、子供は無理ですよね。長男に孫の顔も見せてもらえないなんて、こんなバカな話がありますか」

自分で自分の言葉に興奮したのか、京子は小さく唇を震わせた。

一子はそんな京子の様子をじっと見て、少し興奮が収まった頃を見計らって話を切り出した。

「奥さん。奥さんの仰ることはごもっともだと思います。ふみちゃんが亡くなった高《たかし》の後添いに来てくれたとき、あたしも高も勤めているデパートを辞めて欲しいとは思いませんでした。やり甲斐《がい》のある仕事をしている姿を見ていましたから。でも、もしあの時、ふみちゃんに別居結婚したいと言われたら、果たして納得できたかどうか……。多分、出来なかったでしょう」

「そうですよね」

京子は我が意を得たりと言わんばかりに何度も頷いた。

「……でもね」

一子は一呼吸置いて、やんわりと続けた。

「それでも高が『別居でも構わない。ふみちゃんと結婚したい』と言ったら、認めるしかなかったと思いますよ。だって、結婚するのは高なんですから。いくら母親でも、最後は子供の決断に任せるしかないですよ。それに、あの時の高はもう子供じゃない、三十過ぎの男やもめでした。今の康平さんも立派な大人です」

京子の表情には不満が表れ、唇を頑《かたく》なに引き結んだ。

「あのう、でも、康平さんも瑠美さんも、ずっと別居のまま暮らそうと決めてるわけじゃないと思うんですが」

二三は何とか京子の気持ちをほぐしたくて、口を挟んだ。

「しばらくして結婚生活が軌道に乗ったら、一緒に暮らそうってことになるかも知れないですし」

「その時は多分、あの人がうちへ来るんじゃなくて、康平があっちの家に転がり込みますよ」

京子は吐き捨てるように言った。二三と一子は困り果てて、またしても互いの目を見交わした。

「ねえ、奥さん。しばらくは様子を見ましょうよ」

一子が言葉をかけると、二三も援護射撃をした。

「そうですよ。今、あわてて何かを決めることないですよ。家の中がぎくしゃくするかもしれないし」

「分ってます」

京子はまたしても吐き捨てるように言った。

「私だって、面と向かって反対なんかしませんよ。四十を過ぎた息子が親の意見なんか聞くわけないですからね。別居結婚するって言うなら、賛成するしかないですよ。でもね……」

大袈裟《おおげさ》に溜息を吐いて、京子は肩をすくめた。

「親なんてつまんないもんですね。四十何年一緒に暮らしてきて、最後はこんなことになるなんて。『親になるな。子になれ』ってことわざがあるけど、その通りだわ」

京子は椅子から腰を浮かせ、二人に向かって頭を下げた。

「すみませんでしたね。お休みの日にお邪魔して、すっかり愚痴をこぼしてしまって」

「いいえ。少しでもお気持ちが楽になれば。うちは康平さんには本当にお世話になってますから」

「また、お宅で言いにくいことがあったら、うちへいらして下さい。ここで話したことはどこにも漏らしませんから、大丈夫ですよ」

一子も二三もそれぞれ精一杯の言葉をかけて、京子を送り出した。

二階に上がって再び茶の間に戻ると、どちらからともなく溜息が漏れた。

「困ったもんだね」

「そうね。康平さんと瑠美さんはベストカップルだし、康平さんのお母さんだって決して悪い人じゃないのに、どうして面倒なことになるのかしら」

「世の中ってそんなもんだよ。別に極悪人がいるわけじゃない。あたしたちと似たり寄ったりの人が、それぞれ事情や都合を抱えてるから、こじれたりするんだよ」

二人とも、明るく開けていると思った康平と瑠美の将来に暗雲が垂れ込めたことを思うと、暗澹《あんたん》たる気持ちになった。

「お月見週間　特集〝マイ・フェア・うどん〟」

休み明けの火曜日、はじめ食堂に来店したランチタイムのお客さんは、壁に貼《は》られたポスターを見て「何じゃ、こりゃ？」という顔をした。

「月見うどんに掛けて、今週のワンコインはうどん特集にしました。どうぞ、お好みのうどんをリクエストして下さい。明日のワンコインに採用させていただきます」

皐の説明に、お客さんたちは「へえ」と頷いた。

「ナポリタンの時みたいね。お客さんの好みを取り上げてくれて」

「はい。キツネやタヌキはもちろん、オリジナルレシピも歓迎です」

早速常連のサラリーマンが声を上げた。

「俺、カレーうどん！」

「はい、採用！」

皐がパチンと指を鳴らした。

「今日のワンコインです」

お客さんたちはどっと沸いた。

本日のカレーうどんには月に見立てた茹《ゆ》で卵の輪切りをトッピングしてある。今日だけでなく、お月見週間のうどんにはすべて茹で卵か生卵をトッピングする予定だった。

「餡かけうどん！」

「肉うどん！」

「ほうとう！」

料理を運んでいくと、お客さんたちは皐にリクエストを告げた。

「焼きうどんが良いな。めんつゆとオイスターソースで炒めたやつ、すげえ美味かった」

若いサラリーマンは変化球を投げてきた。

「それ、良いですね。具材は何でした？」

「豚コマとキャベツかな。うちの近所の居酒屋で出してる」

「それは間違いないですね。採用！」

皐は厨房の二三と一子にOKサインを送った。二人とも焼きうどんはちょっと意外だったが、大いに乗り気になった。


「で、明日からはどんなうどんだい？」

カウンター越しに山手《やまて》政夫《まさお》が声をかけた。

本日の夜営業の一番乗りで、例によって日《ひ》の出湯《でゆ》帰りらしく、顔がテカテカ光っている。しばらく店に顔を見せなかったので、元気そうな姿に、二三も一子も内心安堵《あんど》した。

「餡かけ、肉うどん、ラストが焼きうどん。それぞれ趣向が変ってて、良いでしょ」

山手は小生のジョッキを傾けてから「まあな」と答えた。

「しかしよ、〝マイ・フェア・うどん〟たあ笑わせるぜ」

「お客さんは面白がってたわよ」

「うどんフェアは冬になったらまたやろうって思ってるの。ランチに麺《めん》類欲しくなる人って、絶対いるでしょ」

カウンターの隅に腰かけた一子が言った。

「シメにうどんは良さそうだが、量がな」

「夜はハーフサイズで出すから、大丈夫よ」

「そうか。じゃあ……」

山手がメニューに目を走らせていると、皐が尋ねた。

「おじさん、今日、シラスが入ってるの。オムレツと和風の卵とじ、どっちが良い？」

「う〜ん、そうさなあ」

山手はメニューを手にしたまま首を捻《ひね》った。三代続いた魚政《うおまさ》の大旦那《おおだんな》だが、一番の好物は卵なのだ。はじめ食堂に来たら卵料理の注文は外せない。

「迷ってるなら、オムレツの方がお勧めかも。今日は粉チーズ入れて、新しい味よ」

「じゃあ、それくれ。あとは銀杏」

山手がメニューを戻したとき、戸が開いて康平が入ってきた。

「よう」

「おじさん、久しぶり」

「今日は先生は？」

「ボチボチってとこだ。暮れにはまたパーティーやるから、先生とペアで招待してやるよ」

「良いよ、遠慮しとく。悪い夢見そうだ」

山手は十年近く社交ダンス教室に通っている。教室の経営者は皐の祖父の中条恒巳《なかじょうつねみ》で、年に数回、ホテルを会場に生徒のための発表会を催していたが、流行病《はやりやまい》でここ二年は中止になっていた。今年の夏からやっと再開できるようになって、山手も発表会に向けてレッスンに余念がない。

「小生」

康平はおしぼりで手を拭《ふ》きながら注文した。今日のお通しはランチの小鉢にも出した自家製なめたけ。エノキで簡単に作れる箸休めで、作り置き出来るので便利だ。

「ああ、これはご飯か日本酒だよねえ」

ひと箸つまんで小さく漏らした。

「シメにこれでご飯食べる？」

「そうだなあ。でも、うどんフェアなんでしょ」

「ハーフアンドハーフにしてあげるわよ」

「ありがとう、おばちゃん。それでお願い」

康平はジョッキを片手にメニューを広げた。

「ツルムラサキのゴマ醤油和《しょうゆあ》えって、普通のゴマ和えと違うの？」

「大違い。茹でたツルムラサキを練りゴマとお醤油で和えるんだけど、コクがあってマヨネーズっぽい感じ。でもマヨネーズよりヘルシーよ」

「じゃあ、もらうわ。ベジファーストで」

康平は他に明太《めんたい》じゃがバターとシラスオムレツを注文した。瑠美がいないと品数がぐんと減ってしまう。

「昨日、お袋、来なかった？」

二三は思わず一子の顔を見た。その動作で康平は察したようだ。

「愚痴ってたろ？」

「まあね」

「しょうがねえや。親不孝だと思われてるし」

「ただね、康ちゃん。お母さんだって頭では分ってんのよ。あんたの意志を尊重しなくちゃダメだって。でも、康ちゃんが瑠美先生の希望を優先するのは、惚れた弱みで無理してるからだって、それを気にしてるの。無理して結婚して上手《うま》く行くかどうか心配だって」

「確かに、お母さんの言うことにも一理あると思ったわ。でも、一番大事なのは結婚する二人の気持ちだから」

二三の言葉に、山手が目を丸くした。

「康平、お前、結婚するのか？　式はいつだ？」

「いやだなあ。まだずっと先だよ」

「しかし、もうお袋に言っちまったんだろ」

「一応言っとかないと、また勝手に見合いして相手を連れてこられても困るからさ」

四十過ぎても独身の息子を心配した康平の両親・辰浪悠平《ゆうへい》と京子夫婦は、子供の代りに親同士が見合いして相手を探す〝代理見合い〟に臨み、候補者を見付けてきたことがあった。

「ただ、時期とか式とか、具体的には何も決まってない。これからゆっくり相談して決めるよ」

「ふうん」

山手はあまり腑《ふ》に落ちない顔で銀杏をつまんだ。

「これは親父《おやじ》が言ってたことだが、男がお袋と女房の間でフラフラするのが一番いかんと。どっちが大事か最初に決めて、それを絶対に動かすな。そうすりゃ家庭は丸く収まる、と」

「奥さんよりお母さんが大事なんて言って、それで奥さんが納得する？」

皐は疑わしげに眉《まゆ》をひそめた。

「私だったらそんな男、願い下げだわ」

「ま、昔の話ってのを割り引いても、存外嘘《うそ》とも言えねえようだ。お前が一番だって言った舌の根も乾かぬうちに、別の女に一番だって言うから頭にくるのよ。最初からお前は二番、向こうが一番で決めて固めちまえば、覚悟も出来るってもんだ」

康平はチラリと二三と一子の方を見た。二三はあわてて顔の前で手を振った。

「私に訊かないで。嫁姑《よめしゆうとめ》問題語る資格なし」

二三は一子と出会った当初から、亡き母の面影を感じていた。一子の息子と結婚して一子と家族になりたいという願いは、高と結婚した大きな理由だった。

「あたしもダメだわ。ふみちゃんは高の嫁さんというより、娘みたいだったから」

一子も首を振って微笑《ほほえ》んだ。

「俺の親父は長野の出で、軍隊で柳家小《やなぎやこ》さんと一緒だったんだ」

山手は唐突に亡くなった名落語家の名を挙げた。

「小さんという人はお袋が一番、女房が二番で、結婚の最初からそれで通したそうだ。そうすると女房の方も納得すると。出征前もお袋と同じ部屋で寝たと言うんで、うちの親父が『それじゃ女房があんまり可哀想《かわいそう》だろう』と説教したら、『そうだよな』と頷いてたそうだ。つまり……」

山手はジロリと康平を睨《にら》んだ。

「どっちつかずが一番罪作りなんだよ。お袋の前で良いこと言って、先生の前でも良いこと言うってのは、どっちにも良くはねえんだ」

「分ったよ、おじさん。肝に銘じる」

康平は迷いのない声で答えた。


火曜日から始まったランチのうどんフェアは、その後も順調に続いた。

店にはお月見気分を盛り上げるためにススキとお団子、そして里いもを飾ったのだが、それを見て若いお客さんは男女共に「なんで里いもなの?」と、怪訝《けげん》な顔をした。「栗名《くり》月」とか「芋名月」という日本語は、もはや死語に近づいているらしい。

それでもうどんフェアは大好評のうちに最終の金曜日を迎え、無事終了した。

「やれやれって感じ」

賄いタイムにはフェアの掉尾《ちょうび》を飾った(?)焼きうどんを一人前作り、三人は思い思いに箸を伸ばした。

豚肉とキャベツ、うどんをオリーブオイルで炒め、塩胡椒《こしょう》とめんつゆ、オイスターソースで味付けした焼きうどんは、ウスターソースで作る〝ソース焼きそば系〟とは違う、〝町中華系〟の味だ。

「今まで食べた焼きうどんの中で、一番好き！」

二三は一口食べて感嘆の声を漏らした。

「私、やっぱり縁日の焼きそばより、町中華の焼きそばが好き」

「ソース味も好きだけど、これはこれですごく美味しい」

皐がうどんをすすり込んだ。

「キャベツと豚コマは相性が良いね。どんな料理にしても外れがないよ」

一子も焼きうどんの味に目を細めた。

「ところで月末のハロウィン特集、どうしますか？」

皐の声には「やりたい」気持ちが溢《あふ》れていて、二三はおかしくなった。

「もちろん、やるわよ。カボチャ出すだけだもん」

「カボチャの煮物で良いのかね」

一子は未《いま》だに「ハロウィン」がしっくりこない。この祭りはある日突然始まって、あれよあれよという間に日本中を席巻《せっけん》してしまった。今や十月に入るとコンビニも百円ショップもハロウィングッズが目白押しだ。

「ランチはパンプキンサラダくらい作ろうよ。夜はちょっとお洒落《しゃれ》にカボチャのクリームスープをお通しにして、あとカボチャのグラタンとか」

二三は同意を求めるように皐を見た。

「クリームスープを出すなら、グラタンよりチーズ焼きの方が良くないですか。味に変化が付くから」

「ああ、ランチでほうとうが出せるわね」

一子も次第に乗り気になってきたようだ。

三人は賄いを食べながら、思い思いにハロウィンに出す料理を提案していった。

一通り意見が出尽くしたところで、ふと思い出したように皐が言った。

「そう言えば、今週、菊川先生お見えになりませんね。ずっと仕事で忙しいんでしょうか」

「……そうねえ。康平さんに訊いてみないと」

二三も一子も、実は内心気になっていたのだが、敢《あえ》て口に出さずにいた。

「今年、三十一日は月曜日だったね。そんなら昼も夜もハロウィン特別メニューが出せるわ」

一子は明るい声で言って、話題を切り替えた。

その夜は瑠美も康平も店に現われなかった。

要からは会食で遅くなるとメールがあった。二三と一子は九時に閉店すると、後片付けもそこそこに店を出た。

目指すは清澄《きよすみ》通り沿いに店を構えるバー月虹《げっこう》だ。土曜日はランチ営業を休むので、金曜の夜はたまに一子と二人で月虹に行く。

清澄通りを歩きながら夜空を見上げると、半月より幾分ぽっちゃりめの月が輝いていた。満月ではなかったが、鮮やかな黄色の光が美しい、立派な名月だった。

マスターの真辺司《まなべつかさ》が一人で営む月虹は、カウンター主体の落ち着いた店で、騒ぐ客は一人もいない。銀座《ぎんざ》で腕を磨いた真辺の作る絶品のカクテルと、穏やかで品の良い接客術は、毎日忙しく働く二三と一子を、しばし別世界に案内してくれる。月に一度か二度、月虹を訪れて時を過ごすのは、二人には命の洗濯だった。

「こんばんは」

雑居ビルの二階に上がり、ドアを押すと、カウンターの中の真辺が軽く頭を下げた。

「いらっしゃいませ」

七席のカウンターは四席が埋まっていた。二三は一子と一番端の席に腰を下ろそうとして、ふと隣の客を見た。

「あら、先生、お久しぶりです」

菊川瑠美だった。

「ご無沙汰《ぶさた》してます」

瑠美は少しバツの悪そうな顔で会釈した。

「お忙しいんですね。お身体、大丈夫ですか」

「ええ。いつものことなんで」

真辺が二人におしぼりを差し出し、カウンターに水のグラスを置いた。

「お飲み物は如何《いかが》しましょう？」

「そうねえ」

二三も一子もカクテルはまったく詳しくない。いつも真辺に適当に作ってもらっている。

「季節物でお願いしようかしら。お月見とかハロウィンとか」

真辺はどんなリクエストにも、ピタリと合ったカクテルを提案してくれる。

「それでしたら、ハロウィン関連でジャック・オ・ランタンと京都センチュリーホテルが2017年にハロウィン限定で出したハロウィン・ムーン、季節感重視で京秋《きょうしゅう》とシルバーフィズなど、如何でしょう」

ジャック・オ・ランタンはハロウィンで使うカボチャのランタンを模したカクテルで、ヘネシーV.S.O.Pというブランデーとオレンジジュースで作る。ハロウィン・ムーンは透明とミッドナイトブルーの二層に分かれた色合いが美しいカクテル。京秋はバーテンダーの林壮一《はやしそういち》が創作した、山崎《やまざき》と抹茶リキュールを使った京都の秋を感じさせるカクテル。

「シルバーフィズはドライジンと卵白を使います。クリーミーな味とふんわりした卵白の舌触りがお楽しみいただけます」

二三と一子は顔を見合わせて、三秒ほど考えた。

「私、ハロウィン・ムーン」

「あたしはシルバーフィズ。卵白を使ったお酒って、飲んだことがないわ」

「真っ白くて美しい、一子さんにピッタリのカクテルですよ」

真辺はにこやかに答え、カクテル作りに取りかかった。

「康平さんから、お互いのお宅を訪問してご両親にご挨拶したって伺いました」

二三が世間話のように切り出すと、瑠美は浮かない顔になった。

「そうなの。それがねえ……」

「何か問題でも?」

「私、康平さんのご両親のお気に召さなかったみたい」

瑠美は苦笑いを浮かべた。

「うちの両親は康平さんのことは普通に受け容れてくれた。いい年になった娘と結婚してくれる男性が現われて、正直ホッとしたんでしょう。康平さんは三代続いた酒屋さんのご主人で、おまけに初婚だし。父にめっけもんだって言われたわ」

さもありなんと思われて、二三は黙って頷いた。

「でも、私は康平さんのご両親には失格だったみたい。結婚してからも仕事は今まで通り続けたい、今の生活を変えたくないって、ハッキリ言っちゃった。それに、年齢のことも不満だったみたい。康平さんにはもっと若いお嫁さんをもらいたかったのよね」

「あのう、康平さんは何と？」

瑠美は困ったように肩をすくめた。

「別に、何も。別居することにも同意してるし、子供は弟さん夫婦に二人いるから、自分は出来なくたって構わないって。それは最初から一貫してるわ」

「じゃあ、よろしいんじゃありませんか」

二三はやんわりと本題に入った。

「康平さんと先生の気持ちが変らないなら、それで充分だと思いますよ。だって別に、康平さんのご両親と結婚するわけじゃないんですから」

「それはそうなんだけど……」

瑠美はやりきれないような顔になって溜息を吐いた。

「私は実家を出て四半世紀だから、正直、両親とはそれほど緊密な関係じゃないの。でも、康平さんはずっとご両親と暮らしてきたわけで、親子の絆《きずな》は私よりずっと深いと思う。それが……私が原因でぎくしゃくするかと思うと、何となく、気後れしそうで」

「ねえ、先生」

一子がそっと口を挟んだ。

「康平さんの気持ちは本物ですよ。別居結婚も、子供が出来ないかも知れないのも、全部承知で先生と一緒に人生を送りたいと思ってるんですから。先生だって、それはご承知でしょう?」

「ええ」

瑠美は申し訳なさそうに目を伏せた。

「康平さんのご両親は、表だって反対はしていないはずですよ。康平さんも、何も言いませんから」

「それはきっとそうなんだと思います。康平さんと喧嘩《けんか》になるのがいやだから、黙ってるんでしょう。ただ心の中では、本当は私との結婚には反対なんです。そのくらい分ります」

「先生、先生は立派なお仕事をなさってる方だから、こんなこと釈迦《しやか》に説法かも知れませんが、あれもこれもってわけにはいかないですよ。何かを手に入れたかったら、何かを手放さないと」

瑠美は目を上げて一子を見返した。

「康平さんと幸せになりたい。ご両親にも良く思われたい。二つの願いが成就すれば一番ですけど、一つしか叶《かな》わないなら、大切でない方を諦《あきら》めないと。二つを望んでいる限り、幸せは手に入らないと思いますよ」

瑠美は一子の言葉を噛《か》みしめるように、じっと沈黙した。

「お待たせしました」

真辺が二三と一子の前にカクテルのグラスを置いた。二人はすぐにグラスを手に取り、小さく乾杯した。

「お疲れ様」

冷たいカクテルが喉《のど》を滑り落ちる感覚に、二三は肩が軽くなるような気がした。

「せっかくの夜なのにすっかり愚痴っちゃって、ごめんなさい」

瑠美は笑顔で詫《わ》びて、真辺に勘定を頼んだ。

「先生、最近、康平さんと会ってますか?」

瑠美は面目なさそうに首を振った。

「ちょっと疎遠。めげちゃって」

二三は説教口調にならないように注意して先を続けた。

「ダメですよ、会って話さないと。一番大事なのはお互いのコミュニケーションです」

「帰ったら、電話するわ」

瑠美は椅子からするりと降りて、店を出て行った。

「まあ、分るけど……」

　二三はハロウィン・ムーンのグラスをゆっくりと回してみた。透明の酒と濃紺の酒は少しずつ互いの境界線を侵食し、境目が曖昧《あいまい》になってきた。

「でも、相手の親が多少乗り気じゃないくらい、気にすることないのに。ロミオとジュリエットに比べたら、そんなもん障害でも何でもないわ」

　一子はきめ細やかな泡に包まれた真っ白いカクテルに、そっと唇を浸した。

「恋は障害がある方が燃えるって言うわよね、お姑《かあ》さん」

「それは若い人の話でしょ」

　一子は遠くを見る目になった。

「あたしはうちの人と何の障害もなく結婚したけど、もし親兄弟に大反対されても、絶対に結婚したと思う。駆け落ちだってしたかもね。だってまだ十七だもの。情熱と無鉄砲の塊よ。でも……」

　続きを聞かなくても、二三には一子の言わんとすることが分った。四十代半ばになった瑠美にはそこまでの情熱はないし、良識が邪魔をして無鉄砲にもなれない。

「先生が気後れする気持ち、良く分るわ。これから折に触れ、気の合わない舅《しゅうと》姑《しゅうとめ》と顔を突き合わせるかと思うと、それだけでうんざりなのよ。いくら別居結婚って言っても、亭主の親と絶縁したわけじゃない。冠婚葬祭その他の機会に、どうしたって顔を合せることになるしね」

「そのくらい我慢できると思わない？　行事が終わったら別々の家に帰るんだから」

「あたしやふみちゃんならね。でも、瑠美先生は一人暮らしが長いでしょう。だから苦手な人と一緒にいるのが、あたしたちが考える以上に苦痛なのかも知れない」

「そうかなあ」

二三は大東《だいとう》デパートの婦人衣料バイヤー時代を思い出した。苦手な上司や取引先もいたが、仕事だと割り切って適当に対応した。瑠美は元はＯＬだったから、職場の人間関係で苦労した経験もあるだろう。料理研究家として独立したあとも、苦手な相手と仕事をしたことだってあるはずだ。それなら康平の両親が多少友好的でないことくらい、割り切って対処できないものか。

「敬遠が良いかもね。敬して遠ざける」

グラスを手に取り、もう一度ゆっくり回してみた。透明と濃紺の曖昧な領域の幅が、少し広がった。

「要は、二人の気持ち次第よ」

一子は二三を振り向いて、確信に満ちた口調で言った。

「二人の気持ちが強ければ前に進めるし、弱ってしまったら、後戻りするしかないわね」

真辺が手作りチョコレートの小皿を二人の前に置いた。

「それに、時間も味方してくれるかも知れません」

控えめな口調だが、二三も一子も胸に響いた。

「時が経《た》つと、人の心も変るものですから」

「そうですね」

一子は小さく頷いて、二三を見た。

「康ちゃんと瑠美先生が信頼し合って、幸せに暮らしていれば、きっと京子さんの気持ちも変ると思うわ」

「そうね」

でも、そのためには康平と瑠美が結婚に向かって一歩踏み出さなくては……と、二三は心の中で思った。


「親方、来週から鹿肉の料理出すって」

煮玉子を割箸でつまんで、万里が言った。

ランチタイムの終わったはじめ食堂では、賄いタイムが始まっている。煮玉子は本日の小鉢で、もう一品はカボチャサラダだ。

「先週、牧島さんから鹿肉が届いた。親方はそれを仕込んで、水曜日に牧島さん一家を店に招いたんだ」

水曜日は「八雲」の定休日だ。

「で、親方の料理した鹿肉食べたら、すっかり感心してさ。自分たちが獲《と》った獲物は、是非お宅で使ってもらいたいって」

「やっぱりね。そうなると思った」

二三は味噌汁をすすった。今日の味噌汁は皐のアイデアで、ジャガイモの味噌汁にみじん切りの玉ネギを散らし、バターを浮かべた洋風アレンジだ。

日替わりは牛皿と大根バター醬油、ワンコインは牛丼。焼き魚が鯖の文化干し、煮魚が赤魚。漬物はキュウリと人参《にんじん》の糠漬け。

「八雲さんはどんな料理を出したの？」

箸を置いて一子が尋ねた。

「でも、水曜日は万里君、お休みでしょ」

皐が言うと、万里は得意そうに胸を張った。

「出たよ、当然。親方がどんな料理作るか、興味あったし」

万里は八雲の主人の作る料理に魅了され、はじめ食堂を辞めて弟子入りさせてもらった。八雲で働くのは仕事ではなく、修業なのだ。

「三種類あった。モモ肉を低温調理したのと、スジ肉の味噌煮込みと、ロースの塩がま。あとで味見させてもらったけど、どれもホント、美味かった。それと、モモ肉用に作ったソースも激うま」

万里の表現力はいたってお粗末だが、八雲の料理を食べたことがある二三は、想像するだけでよだれが垂れそうになった。

「ねえ、それで、お店ではどの料理を出すの？」

「まあ、季節や他の料理との組み合わせで変るんだろうけど、今のところ本命は低温調理かな」

「それ、この頃はやってるわよね。高温で焼くと肉にストレスがかかるって」

皐は「雑誌で読んだんだけど」と付け加えた。

「でも、低温調理器って高いんでしょ？」

「いや、そこは知恵と工夫だよ。親方、表面を十秒くらいフライパンで焼いてから、ジップロックに入れて湯煎《ゆせん》にかけた。ミディアムレアな感じで、超柔らか」

二三と皐は同時にゴクンと喉を鳴らした。賄いを食べ終わったばかりでお腹《なか》いっぱいのはずなのに、それでも湧き上がる食欲とは、実に不思議なものだ。

「三十日の日曜日に、みんなで食べに行こうか？」

二人の気持ちを察知して、一子が言った。

「翌日のハロウィンに備えて、スタミナつけようじゃないの」

「賛成！」

二三も声を上げた。

「さっちゃん、行くよね？」

「ありがとうございます。よろしくお願いします」

皐は畏《かしこ》まって深々と頭を下げた。

「というわけで万里君、四人で予約入れてくれない？」

「任せなさい」

「あのう、要さんの予定、確かめなくて大丈夫ですか？」

皐の問いに、二三と万里は同時に答えた。

「大丈夫、大丈夫。絶対OKする」

「あいつは美味いもんを喰《く》う誘いを断ったことは、有史以来一度もない奴《やつ》なんだ」

皐は小さく苦笑を漏らした。と、二三は急に思い付いた。

「康平さんと瑠美先生も八雲でデートすれば良いのに」

「ああ、そうですね」

皐も即座に応じた。

「あの二人、もしかしてマンネリなんじゃないですか。たまに気分を変えてリフレッシュすれば、また上手く行くんじゃないですか」

一子も大きく頷いた。

「同じ店で同じ顔ぶれと呑《の》むのも良いけど、それは歳取《とし》ってから出来るものね」

万里だけが腑に落ちない顔をしている。

「どゆこと？」

「康平さんと瑠美先生、破局の危機なの」

「マジで？」

皐の言葉に、万里は心底驚いた顔になった。

「まあ、それはちょっと大袈裟だけど、康平さんのご両親が二人の結婚にあんまり賛成じゃなくて、瑠美先生がちょっと引いちゃってるんだって」

「なに、それ」

万里は理不尽なものを突きつけられたように顔を歪《ゆが》めた。

「親、関係ないでしょ。二人とも大人だよ。立派な社会人だよ。もう親の出る幕ないよ、どう考えたって」

万里のストレートな意見に、二三は胸につかえていたものがストンと落ちる気がした。

一子と皐を見ると、二人ともやはりすっきりした表情になっている。

そうなのだ。大人同士の決断に、もう親の出る幕はないのだ。

「万里君、やっぱ、成長したねえ」

二三がしみじみと言うと、万里はいつものどや顔で胸を張った。

「今頃気がついた？」

「ば～か」

お約束のツッコミを入れて、はじめ食堂には明るい笑い声が生まれた。

第五話 聖夜のおでん

一センチほどの厚みのその肉は、食べやすい大きさにカットされ、箸《はし》でつまめるようになっていた。周辺は茶色く焼き目が付いているが、中心部はバラ色に近く、まさにミディアムレアの状態だ。

二三《ふみ》は添えられたソースを絡めて肉を一切れ口に入れた。歯触りは弾力に富み、それでいて抵抗なく嚙《か》み切れる。きめ細やかな肉質はあっさりとして脂が少ないが、その分濃厚な肉の旨味《うまみ》を含んでいた。

肉の旨味とソースの旨味が口の中で渾然《こんぜん》一体と混ざり合う。

このソースは肉汁とバターとバルサミコ酢と……それとハチミツだったかしら？　ああ、もうそんなことどうでも良いわ。早く次の一切れが食べたい。

しかし、どういうわけか皿はすでに空になっている。

ウソ⁉　まだ一切れしか食べてないのに！　どうなってるのよ、万里《ばんり》君！

そこでパッと目が覚めた。

いやだ、もう。どうなってんの、夢にまで出てくるなんて。子供じゃあるまいし。

夢に登場した料理は鹿肉《しか》の低温ローストだった。十月三十日に一子《いちこ》と要《かなめ》、皐《さつき》の四人で訪れた「八雲《やくも》」で食べた、絶品のジビエ料理だ。あれからまだ一ヶ月しか経《た》っていないのに、また食べたくなったらしい。八雲の料理は大したものだが、懐具合を考えるとちょっと困る……。

傍らの目覚まし時計に目を遣《や》ると六時二十五分だった。あと五分でベルが鳴る。二三は目覚ましのボタンをオフにして、布団の中で伸びをした。


「明日から十二月か。早いもんね」

ワカイのOLが言うと、向かいの席の同僚がひょいと肩をすくめた。

「ほんと。あっという間に一年が終わっちゃう」

「光陰矢のごとしってことわざが身に沁《し》みるわ」

「小学生の時は時間がゆっくりで、夏休みまですごい長く待たされたのに、いつからこうなっちゃったのかしら」

四人連れで来店したワカイのOLは、口々にぼやいた。

カウンターの中で会話を漏れ聞いた二三はふと思った。彼女達はまだ二十代のようだ。これから三十代、四十代と時を重ねるにつれ、時の経つスピードが更に加速して行くことを、きっとまだ想定していないだろう。すでに還暦を過ぎた自分は、それこそ身に沁みて感じているが。

「おまちどおさま。日替わりの豚汁と豆腐ハンバーグです」

皐が注文の定食を四つ、続けてテーブルに置いた。

「冬はやっぱり豚汁よねえ」

「いっただっきま〜す！」

四人のOLはさっきまでのぼやきはどこへやら、なんの屈託もない顔で箸を割った。

本日のはじめ食堂のランチは、日替わりが豚汁と豆腐ハンバーグ、焼き魚はホッケの干物、煮魚はカラスガレイ、ワンコインは豚汁うどん。

豚汁にうどんを入れただけとバカにしてはいけない。内容は具沢山の味噌《みそ》うどんで、美《お》味《い》しさも食べ応《ごた》えも充分だ。

小鉢は小松菜と油揚げの炒《いた》め物、新海苔《のり》の煮物の二品。味噌汁はサービスで全員豚汁、漬物は一子手製の京菜の糠漬《ぬかづ》け。

ちなみに新海苔の煮物は、市販の海苔の佃煮《つくだに》とはまるで違う。よく洗った生海苔を醤油《しょうゆ》と酒で炒《い》り煮にすると、あっさりした味に炊き上がる。海苔の美味《うま》さがストレートに伝わり、ご飯のおかずにも酒の肴《さかな》にもピッタリの優れものだ。

これにドレッシング三種類かけ放題のサラダが付いて、ご飯と味噌汁（もちろん豚汁でも！）はお代わり自由。これで一人前七百円。

もっと安い弁当や定食もあるだろうが、手作りと季節感にこだわった内容を考えれば、東京中探してもそうはあるまいと、二三も一子も自負している。

「そうなのよねえ。小学生の時の時間のスピードが在来線の各駅停車なら、今は新幹線ののぞみくらいだわ」

野田梓《のだあずさ》はそう言ってカラスガレイの身から骨を外した。

「そんなら僕は、ジェット機かなあ。東京から札幌《さっぽろ》まで一時間ちょいで」

三原茂之《みはらしげゆき》は感慨深げに呟《つぶや》いて、豆腐ハンバーグを口に運んだ。

「それじゃあ、さしずめあたしはスペースシャトルかしら」

一子は新知識を披露したつもりだったが、実はスペースシャトルは二〇一一年で退役していた。

時刻は午後一時三十五分。ランチタイムに詰めかけるお客さんの波は引き、今は遅い時間来店する梓と三原の二人だけになった。梓は三十年以上、三原も十年以上通ってくれる常連さんだ。

「そうだ。年末年始の予定、もう決まってる？」

「うん。今年は二十八日の仕事納めが忘年会パーティー。ランチはなし。午前中で閉める会社が多いから。それに水曜日に当たってるから、万里君も来られるかも知れない」

万里が修業している「八雲」は水曜日が定休日だ。年末のことで、もしかして宴会の予約が入って店を開けるとなれば、出席は無理だろうが。

「新年はいつから？」

「五日の木曜日。四日は仕事始めで、ランチのお客さんが見込めないでしょ」

皐が二三の後を引き取った。

「年末年始で七日間休める計算なので、ちょうど良いかも知れません。休みすぎると、かえって身体《からだ》がなまっちゃうし」

「さっちゃん、忘年会は初めてだっけ？」

梓が思い出したように尋ねた。

「はい」

「お客さんで来たこともなかったっけ？」

「去年まで、お店があったんで」

皐はかつて六本木《ろっぽんぎ》のショーパブ「風鈴《ふうりん》」のスターダンサーで、年末は大忙しだった。

「あ、そうよね。なんか、すっかり馴染《なじ》んでるから、さっちゃんもずっと忘年会に出てたような気がして」

皐は嬉《うれ》しそうに微笑《ほほえ》んだ。

「だからすごい楽しみなんですけど、ちょっと緊張してるんです。私が来て忘年会のグレードが下がったら困るし」

「グレードなんて、そんな大袈裟《おおげさ》なもんないわよ。特別なのはローストビーフと魚政《うおまさ》のおじさんの刺し盛りくらい。あとはお店で出すメニューを並べるだけだから」

二三が「ねえ」と一子に目顔で言った。

「そうそう。あと、三原さんと康《こう》ちゃんがお酒の差入れをくださるわね。去年は山下先生も高いワインを持ってきて下さったわ」

「三原さん、決して差入れ催促してるわけじゃないですから。誤解しないで下さいね」

二三があわてて付け加えると、三原は楽しそうに微笑んだ。

「大丈夫、僕が持ってくるのは全部もらい物だから、懐は全然痛まない。それに、一人で飲んでも美味くないしね。ここの忘年会で開けるのが一番だ」

「あ～、良かった」

二三は三原と梓の湯飲みにほうじ茶をつぎ足しながら、ふと康平《こうへい》のことを考えた。

康平の両親が瑠美《るみ》との結婚に難色を示す……ほどではないが、賛成していないことは確かだった。それが原因で、瑠美は気後れしたらしい。以前は週に何回もはじめ食堂で夕飯を共にしていたのが、十月と十一月は、月に二、三度になってしまった。康平は同じペースで来店しているが、瑠美の足が遠のいているのだ。

「一度、二人でキチンと話し合えば良いのにね」

夜営業の準備をしながら、二三は溜息《ためいき》交じりに漏らした。

「二人ともちゃんと分ってるわよ。時期が来れば、そうするでしょ」

一子が鶏《とり》つくねに混ぜる長ネギを刻みながら答えた。

今日の小鍋《こなべ》立《だ》ては二品で、一つは鱈《たら》と豆腐と春菊《しゅんぎく》のオーソドックスな和風仕立て。もう一つは初登場、鶏つくねとパクチーのエスニック風味で、瑠美のレシピ本に載っていた。

「これ、絶対女性受けする！」と推したのが皐で、二三と一子もその熱意に押されて店で出すことにした。

「今夜、瑠美先生来てくれないかしら」

皐が大根をおろしながら呟いた。

「そうね。先生、一度レシピ考えた後は、ほとんど食べる機会ないって言ってたもんね」

もし早々と来店してくれたら、他のお客さんが来ないうちに、康平とじっくり話し合った方が良いと言ってみるのだが。確かに余計なお世話かも知れない。しかし、人は時としてお節介な誰《だれ》かに背中を押されて、ためらっていた一歩を踏み出すこともある。

午後の開店時間が来て、入り口の札を「準備中」から「営業中」にひっくり返した。

と、早速お客さんが二人やってきた。

「いらっしゃい」

　二三の高校の同級生で、今やすっかり常連となった大学教授の保谷《ほや》京子《きょうこ》と、やはり元同級生の柳井《やない》理沙《りさ》だった。二人はテーブル席に腰を下ろした。

「お飲み物は？」

「ええと、最初はグラスでスパークリングワイン。小鍋立てのときは日本酒にしようかしら」

　京子はいかにも常連らしく、メニューを見ながら物慣れた口調で注文した。

「マッキーは？」

　理沙は旧姓松木《まつき》だったので、同級生仲間にはマッキーと呼ばれている。ちなみに二三は旧姓倉前《くらまえ》だったので、呼び名はクラだ。

「私も同じで」

「ねえ、どうせなら一本頼んじゃわない？　ほら、見て」

　京子は理沙の目の前でメニューを指さした。

「マッシュルームのアヒージョ、卵とホウレン草のグラタン、牡蠣《かき》フライ。これ、みんなスパークリングワインに合うわ」

　理沙もメニューを目で追って頷《うなず》いた。

「そうね。あら、この焼き豆腐って？」

「お豆腐と刻みネギを油で焼いて、お醤油かけて大根おろしを載せて食べるの。池波正太郎《いけなみしょうたろう》のエッセイに出てたんですって」

二三が口を出すまでもなく、京子はよどみなく料理を説明した。メニューに載っている料理は、ほとんどすべて食べているのだった。

「それじゃ、焼き豆腐から日本酒にしましょうか」

「賛成」

京子はメニューから目を上げて、二三に呼びかけた。

「と言うわけで、クラちゃん、ボトルで下さい」

「はい、ありがとうございます」

皐がテーブルにおしぼりとお通しを運んだ。今日のお通しは長芋の刺身で、拍子木に切って生姜《しょうが》を添え、刻み海苔を散らしてある。おろしたものとは食感が違って、より酒の肴に近い。

「保谷さん、今日、初デビューの小鍋立てがあるんです」

皐はイェットのボトルとグラス二個をテーブルに並べた。

「あら、何？」

「鶏つくねのパクチー鍋です」

京子は怪訝《けげん》そうに理沙と顔を見合わせた。

「鶏つくねとゴボウの笹《ささ》がきとパクチーを、鶏ガラスープで煮るんです。ええと、セリ鍋のタイ風みたいな」

「ああ、何となく想像つくわ。トムヤムクンみたいに辛くはないのね？」

「はい。フォーみたいな感じです。お好みでレモンとナンプラーをかけて下さい」

京子は興味津々の目つきになって、確認するように理沙を見た。

「マッキー、冒険してみる？」

「食べたいわ。私、パクチー好きなの」

「じゃ、決まり。それもお願い」

京子は理沙とカチンとグラスを合せて乾杯した。

「保谷さん、今日、新海苔の煮物があるわよ」

「ホント？」

京子は目を輝かせた。

「マッキー、ここの海苔の煮物は本当に美味しいのよ。売ってる佃煮と全然違うの。クラちゃんのお姑《かあ》さんが煮てるんですって。私、シメは海苔と味噌汁とお新香にするわ」

「保谷さんがそこまで褒めるなら、私も同じにする」

京子は極めつきの秀才だったので、同級生は畏《おそ》れ多くてあだ名を付けられなかった。それで今でも一人だけ「保谷さん」と敬称付きで呼ばれている。

二三はフライパンを火にかけた。鍋の中はオリーブオイルの海で、ニンニクのみじん切りと鷹《たか》の爪《つめ》が泳ぎ始めている。

「今年、二十八日の夜に忘年会パーティーやるの。良かったらマッキーも来ない？」

カウンター越しに声をかけると、京子が問いかけるように理沙を見た。理沙は逡巡《しゅんじゅん》しているようだった。

「……そうねえ」

「今から決めなくても大丈夫。当日ＯＫだったら、一緒に行きましょうよ」

京子は労《いたわ》りのこもった声で言った。

理沙は今も美人だが、若い頃《ころ》は類《たぐ》い希《まれ》なほど美しく、その美貌《びぼう》に魅了された旧財閥の御《おん》曹司《ぞうし》と結婚した。長らく子宝に恵まれなかったが、三十代後半で一人息子を出産した。その息子は極めつきの秀才で、東大法学部を卒業して財務省のエリート官僚になった。

まさに女の人生の勝ち組街道を闊歩《かっぽ》する人生と見えたのだが、思わぬ落とし穴が待っていた。官費でハーバード大学に留学することが決まった直後、息子は突然外界との接触を拒否し、自室に閉じこもってしまった。以来三年以上、引き籠《こ》もったままだ。

夫は責任から逃れるように大阪の子会社に天下りし、若い愛人と同棲《どうせい》しているという。

つまり理沙は「50／80」問題が目の前に迫っているのだった。しかしプライドが高く見《み》栄《え》っ張《ば》りだった理沙は、そのことを誰にも相談できず、一人で悩み、苦しんできた。

昨年、クラス会で四十数年ぶりに京子と再会した理沙は、思い余ってすべてを打ち明けて助言を求めた。ところが京子も子供のいない身で、どうして良いか分からず、はじめ食堂に理沙を連れて行った。

二三も一子も魔法使いではないから、解決策のあろうはずはない。だが、他人にすべてを打ち明けて頼ることが出来たことで、理沙の気持ちは確実に少し楽になったようだ。

あの日から月に一度かふた月に一度、京子に伴われてはじめ食堂に顔を見せるようになった。二三も交えてたわいもない話をしながら料理をつまみ、酒を呑《の》んで帰って行く。それだけで、帰るときは来たときより、明るい顔になっていた。

「お待ちどおさまでした。熱いので、お気を付けてどうぞ」

皐がテーブルにマッシュルームのアヒージョと取り皿を置いた。

理沙は箸を伸ばそうとして、皐を見上げた。

「前、こちらにいた若い方、日本料理屋さんで働いているんですってね」

「万里君ですね。はい、張り切ってます。親方の料理に惚《ほ》れ込んでるんで、ちょっとでも近づこうと一生懸命です」

「そうなの。たくましいわ」

不意に、理沙の目から涙が溢《あふ》れた。京子も皐も、ハッと息を呑んだ。

「ごめんなさいね」

理沙は膝《ひざ》に広げたハンカチを目に当て、そっと涙を拭《ぬぐ》った。

「つい、うちの雅也《まさや》のことを考えてしまって」

理沙はやりきれないように大きく首を振った。

「私はもう、雅也に何も望んでいないわ。ただ健康で、前向きに生きてくれたら、……希望を持って生きてくれたら、それで良い。それしか望んでいないのに、どうして……。いいえ、それしか望んでいないって分るまでに、どうして……」

理沙はハンカチで顔を覆い、嗚咽《おえつ》を漏らした。

向かいの席の京子は為《な》す術《すべ》もなく、途方に暮れた顔で目を泳がせ、二三と一子を見た。

「私、男だったんです」

唐突に皐が言った。

「大学卒業するまで男として生きていました。でも、心が女だって分って、女になりました。完全ではないけれど、女として生きるようになって、ホッとしています」

理沙は嗚咽を止めて顔を上げ、皐を見つめた。

「こんな私でも、周りの方に支えていただいて、何とかやってます。希望を持って生きてます。だから息子さんは大丈夫ですよ。理解して愛してくれるお母さんがいるんです。きっと、もう一度生きる喜びを取り戻せると思います」

「ありがとう」

理沙はハンカチで鼻をかんだ。そんなに上手《うま》く行かないことは良く分っていたが、理沙の悲しみを癒やしたいと思う皐の気持ちは充分に伝わった。

「皐さんもすごく立派よ。保谷さんから聞いたわ。将来ご自分の店を持つために、こちらで女将《おかみ》の修業をしているって」

「修業ってほどのもんじゃ……ただのパートです」

皐が大袈裟に頭をかいた。

「私が皐さんのお母さんなら、きっとすごく安心するわ。目標に向かって努力しているんですもの」

理沙はまぶしそうに皐を見て、再び目を伏せた。

「この頃ね、私が最初から今の気持ちで、雅也のすべてを受け容《い》れる覚悟をしていたら、あの子は引きこもりにならずにいられたんじゃないかと思うのよ」

まるで自分に言い聞かせるような、忸怩《じくじ》たる口調だった。二三も京子も皐もかけるべき言葉が見つからず、互いの顔を見合っていたが、カウンターの隅に腰掛けていた一子はすっくと立ち上がった。

「そんなこと、関係ありません」

一同は思わず一子の方を振り向いた。

「誰かのせいでも、何かのせいでもありません。神様が間違えたんです」

毅然《きぜん》とした、少しも迷いのない表情で、一子は先を続けた。

「さっちゃんの心と体に食い違いがあったのも、息子さんが進むべき方向を見失って道に迷ってしまったのも、神様の手違いです。本人や親兄弟がどんなに頑張ったって、神様には勝てませんからね」

一子は理沙に近づき、優しい眼《め》で見下ろした。

「でも、人間だってそうバカにしたもんじゃありませんよ。知恵と工夫と努力で、少しずつ行き違いを直そうとします。現にさっちゃんはそうやって、自分の生きる道を見付けました」

理沙はゆっくりと目を上げて、一子と皐を交互に見た。

「それに、マッキーさんは万里君のこと、褒めてたじゃありませんか。腰の据わらないフリーターだったあの子が、料理の道に目覚めて、今は板前修業してるんです。時が経てば、人も変るんですよ」

理沙は黙って頷いた。言いたいことは山ほどあるのだろうが、それがすべてネガティブな言葉で、誰も救われないと、過去の経験から身に沁みているのだろう。

「息子さんはきっと、迷い道から抜け出せます。その時初めて、ずっと待っていてくれたお母さんの愛情に気がつくはずですよ」

理沙は無理矢理のように微笑んだ。

「そうですね。母親の私がそう信じてやらなかったら、ダメですね」

理沙の変りように、二三は驚きと感慨を覚えていた。高校時代は自分の美貌を鼻にかけ、常に自分が異性の関心の的でないと気の済まない幼稚さが目立っていた。それは結婚してからも、中年と呼ばれる年齢になってからも変らなかった。

しかし、息子の引きこもりを告白してからの理沙は、明らかに以前より大人になった。理不尽な出来事で生活が一変し、それを耐え忍んでいるうちに、大袈裟に言えば運命を受け容れる覚悟が備わったように思われた。

京子がしみじみと言った。

「マッキー、えらいわ。強くなったわね」

自分と同じことを感じていたのだと、二三は嬉しくなった。

「私もそう思う。正直言って前はイヤな奴《やつ》だったけど、今はすごく立派だと思うわ」

理沙は泣き笑いの顔になった。

「ありがとう。実は、一つ報告があったの。息子がね、先週、納豆茶漬けが食べたいってメモをよこしたのよ」

納豆茶漬けは、理沙がはじめ食堂で初めて食べて、息子の夜食に作ったメニューだった。

「まあ、すごい進歩じゃない！」

京子が驚きの声を上げた。

理沙はすがるような目で京子を見返した。

「思うわよ、当たり前じゃない。コミュニケーションを拒否していた息子さんが、一歩踏み出したんだから」

「これは小さな一歩だが、人類……じゃない、マッキー親子にとっては偉大な一歩よ」

二三は古《いにしえ》の「アポロ11号月面着陸」を讃《たた》えた言葉を思い出して言った。

理沙は無言で何度も頷いた。

「マッキー、今日の夜食は鶏つくねとパクチーの小鍋立てを出してあげたら？　珍しいから、興味持つかも知れないわ」

「ええ、そうするわ」

京子は冷めかけたマッシュルームのアヒージョを口に入れ、冷たいイエットを呑んだ。

「いらっしゃいませ」

その夜、八時を過ぎた頃、久しぶりに菊川《きくかわ》瑠美が来店した。康平との仲がぎくしゃくして以来少し足が遠のいているのだが、二三も一子も皐も何事もなかったように、以前と同じ態度で接している。

瑠美はカウンターの空いている席に腰を下ろすと、イエットをグラスで注文した。

「先生、今日、新メニューで鶏つくねとパクチーの小鍋立てがあるんです。先生のレシピですよ」

おしぼりとお通しをテーブルに置いて皐が言うと、瑠美はメニューから目を上げた。早くもアンテナに引っかかったようだ。

「それ、シメにいただくわ。まずはマッシュルームのアヒージョと焼き豆腐ね」

瑠美はメニューを閉じて、カウンター越しに二三を見上げた。

「二三さん、康平さんから伝言。しばらく来られないって」

「あら、どうしたんですか？」

「今日、お母さんが手首を骨折しちゃったんですって。買物の帰りに歩道で躓《つまず》いて、咄嗟《とっさ》に手をついたときに折れたそうなの」

「まあ……。重いんですか？」

「幸い、軽くてすんだみたい。入院も手術もなしで、ギプスで固定して四週間から六週間くらいで治るらしいわ」

「ああ、良かったですねえ」

「二三さんも一子さんも気をつけてね。手首の骨折は、中高年女性に多いんですって」

高齢者に多い骨折箇所は脚の付け根、背骨、腕の付け根、手首の四箇所だという。それも男性より女性の方が多い。骨粗鬆症《こつそしょうしょう》になる割合が多いからだと言われている。

「それにしても、片手が使えないんじゃご不自由ですね」

「そう思うわ。だから当分の間、康平さんがお母さんを手伝って家事をやることになったの。夕飯も家で食べるから、しばらくはじめ食堂に行かれないけど、悪《あ》しからずって」

「いいえ、うちはちっとも。それより……」

瑠美は寂しいだろうと思ったが、口に出すのは控えた。

「よろしかったら一番最後、小鍋立てのスープに春雨を入れましょうか？」

「あらあ、洒落《しゃれ》てる。パクチーだし、ピッタリね」

「先月、ランチでスープ春雨を復活させたんです、ベトナム風で」

「あれも好き。たしか、ここでも女性に人気だったわよね」

「復活をリクエストしたお客さん、全員女性」

「やっぱり」

他愛のないやりとりを続けるうちに、アヒージョが出来上がった。

「お熱いのでお気を付けて」

カウンター越しに皿を差し出すと、瑠美は立ち上る香りを大きく吸い込み、目を細めた。

「ああ、この香りでいくらでもワインが飲めそう」

スパークリングワインのグラスを傾ける瑠美を見ていると、二三は柳井理沙のことが思い出された。

理沙の抱える問題に比べたら、瑠美と康平の間に現われた〝障害〟など、取るに足らない事柄だ。二人の気持ち次第でどうにでもなる。そう思うと瑠美の気後れがじれったくて仕方がない。

でも、どうしようもないのよね。人は自分以外の人間にはなれないから「あの人に比べたらあなたは恵まれている」と言われたって、気持ちは変らないものね。

二三は心の中で独りごちながら、木綿豆腐の上に皿を載せ、水気を切った。フライパンで両面を焼き、刻みネギを加えて火が通ったら醬油をかけ回し、皿に盛って大根おろしを載せて出来上がり。

酒の肴にピッタリで、家庭で作るには揚げ出し豆腐より簡便だ。

「はい、焼き豆腐です」

「ええと、次、日本酒下さい。一合で」

屈託のない顔と口調で、瑠美は次の飲み物を注文した。

「ホントに、ちょっと一歩を踏み出すだけで幸せになれるのに、どうしてその一歩が出せないのかしらね」

その夜、閉店直後に帰宅した要も交えて、四人で賄いを囲んだとき、独り言のように呟いた。

「どしたの、お母さん？」

「康平さんと瑠美先生のこと」

要は「なあんだ」と肩をすくめた。

「ほっときゃ良いじゃない。二人とも大人なんだから、なるようになるわよ」

「万里君もそう言ってた」

「誰だってそう言うわよ。ねえ、さっちゃん」

皐は曖昧《あいまい》な表情で頷いてから言った。

「今日、同級生の方が見えて、結構深刻な話になったんで、二三さん、考えちゃったんですよ」

もの問いたげにこちらを見た要に、二三は簡単に答えた。

「前に話したでしょ。優秀な息子さんが突然引きこもりになっちゃった人」

「ああ、あれ。悲惨だよね」

「そうよ。それと比べたら、相手の親にあんまり良く思われてないくらい、何でもないじゃない。公然と反対されてるわけでもないんだし、無視すれば良いのよ」

二三は小鍋立てのスープを勢いよくすすった。鶏ガラスープにパクチーが利いている。

「本当に、人の心って厄介よね。羊羹《ようかん》を切るみたいにすっぱり切り分けられたら便利なのに。そしたらきっと、人間関係のトラブルの八割は解決すると思うわ」

「言えてる」

要は感心した顔で頷いて、手にした缶ビールを傾けた。

「でも、割り切れる人ばっかりだったら、世の中つまらないかも知れないね」

一子は考え深い目になって、焼き豆腐を箸で千切った。

「あたしは幸せって、お豆腐を買って家に帰るようなもんだって思うのよ。大金がいるわけでもないし、遠くまで行かなくたって良い。今はコンビニでも売ってるしね。……昔は近所に必ず一軒はお豆腐屋さんがあったけど」

そこで豆腐を口に入れ、ゆっくりと咀嚼《そしやく》してから先を続けた。

「でも、途中でお金を落としたり、パチンコやゲームで使ってしまったりしたら、お豆腐は買えない。ちゃんと買ったとしても、手が滑って川に落としたり、道路に落として自動車に轢《ひ》かれてしまったら、食べられない」

一子は訝《いぶか》しげに眉《まゆ》をひそめた。

「簡単で、何でもないことなのに、上手く行かない人もいる。運が悪いのか、それとも巡り合わせなのかねえ……」

一子の言葉は二三の心の中に染み渡った。

まったくその通りだと思う。目の前にある幸せにたどり着く道は、実は一本ではなく、迷路のように張り巡らされている。

だから迷子になってしまう人もいる。理沙の息子の雅也のように。そして、どの道が幸せに通じているか分らず、選べない人もいる。きっと、今の瑠美のように。

「難しいね、人間って」

要が溜息を吐《つ》いた。すでに三十を過ぎ、社会人となって十年近くになる。人も世もままならぬものだと、我が身の体験と重ね合わせているのだろう。

「私、運が良かった。人間も、この世の中も好きでいられて」

皐が吹っ切れたような口調で言い、牡蠣フライを頬張《ほおば》った。

「あたしも」

一子は二三と要を交互に見て微笑んだ。

「同じく」

二三も微笑み返し、牡蠣フライに箸を伸ばした。

クリスマスを控えた週の水曜日、夕方店を開けると、万里が一番乗りでやって来た。その後ろには康平の姿がある。

「まあ、いらっしゃい! お揃《そろ》いでどうしたの?」

「店の前でばったり」

万里は康平を振り向いて答えた。ランチの賄いを食べに通っているので、康平の母が怪《け》我《が》をしたことは聞き知っている。

「康ちゃん、お母さんどう？」

康平は万里と並んでカウンターに腰掛けながら答えた。

「うん。予後は良いって病院で言われた」

そしてぐるりと店内を見回し、懐かしそうな声をだした。

「変んないなあ」

「当たり前よ。この前来てから半月も経ってないでしょ」

二三はお通しを器に盛った。今日はランチの小鉢で出した、里いもと豚コマの煮物だ。

「いやあ、今度のことで身に沁みたよ。ちょっとしたことで生活一変するって」

「そうよねえ」

今日と同じ明日が来るとは限らないと、最近二三は頓《とみ》に感じている。特に高齢の一子の体調は、いつ変化の波にさらわれるか分らない。

「さっちゃん、俺《おれ》、小生《しょうなま》」

「俺も」

二人は揃って生ビールの小ジョッキを注文した。

「毎日ご飯作ってんでしょ。大変だね」

「そうでもない。電気釜《でんきがま》でご飯炊くだけだから。味噌汁はインスタントで、おかずは毎日瑠美さんが作ってくれる」

万里の問いに、康平はさらりと答えたが、二三と一子と皐の三人は咄嗟に顔を見合わせた。

「ホント?」

「うん」

「すごいわ。さすが、瑠美先生」

二三は興味津々でカウンターから身を乗り出した。

「ねえ、どんなもの作ってもらってるの?」

「ご飯のおかず。焼き魚と煮物と酢の物とか、肉料理とサラダと炒め物とか。やっぱ美味いよ」

康平は視線を宙に彷徨《さまよ》わせ、思い出す顔になった。

「ここで出る料理が多いな。昨日は豚丼とポテサラと中華風冷や奴《やっこ》だった」

豚丼は豚コマと長ネギ、白滝を酒と醬油で炒め煮にした料理で、ご飯に載せれば豚丼だが、おかずで食べても美味しい。

「親父とお袋が古い人間だから考えてくれてんだね」

「ここの料理、ご飯に合いますよね。私、毎日食べても飽きないわ」

生ビールのジョッキを二人の前に置いて、皐が言った。

「うん。だからここ、常連さんが多いんだよね」

康平と万里は早速乾杯し、ジョッキを傾けた。

「そんじゃ来ない間も、毎日はじめ食堂に通ってたようなもんだね」

万里が鼻の下に付いた白い泡を手の甲で拭った。

「そうだな」

「ねえ、ご両親は瑠美先生が毎日料理作ってくれてること、知ってるの？」

二三の問いに、康平はあっさり首を振った。

「彼女が言わないでくれって言うんだ。気を遣わせたくないからって」

「じゃあ、なんて言ってるの？」

「はじめ食堂のランチをテイクアウトしてるって」

二三と一子は呆《あき》れて顔を見合わせた。

「すぐばれちゃうじゃない」

「ばれっこないよ。俺は配達の途中で彼女の教室に寄って、タッパー受け取って来るんだ」

康平は里いもを口に放り込んで、楽しそうに言った。

「結構スリリングで良いよ。密会してるみたいで」

万里がメニューを広げると、康平も横から覗《のぞ》き込んだ。

「春菊とクレソンとカッテージチーズのサラダ。万里、まず、これ喰《く》おうぜ。旬の春菊でベジファーストだ」

「良いよ。おばちゃん、この大根とネギのサラダって？」

「細切りにした大根と小ネギにゴマ油風味のドレッシングをかけて七味を振るの。ピリ辛風味でお酒に合うわよ」

「これももらおうよ」

「野菜たっぷりでヘルシーだな。この焼きネギ鍋って？」

「これもシンプルよ。焼いた長ネギと油揚げだけ。シメにうどんでも入れようか？」

「うん、入れて。あと、この牡蠣とバジルの台湾オムレツ！」

「万里君、お目が高い。お酒に良く合う美味しさよ」

「最後に鱈のソテー！」

康平の一声で注文が決まった。野菜たっぷりでバランスの良いメニューになった。

春菊と言えば鍋物のイメージだが、最近は生で食べるサラダのレシピも増えた。このサラダは茎から葉だけむしって使うので、柔らかく香り高い春菊の特長がいっそう際立つ。そこにクレソンの仄《ほの》かな苦み、カッテージチーズのコクのある酸味が合さり、バルサミコ酢のドレッシングで渾然一体の美味さが誕生する。

「これ、ワシワシ喰えるな」

春菊のサラダに箸を伸ばした二人は、ブルドーザーが山を崩すような勢いで食べ始めた。

二三は急いで大根とネギのサラダを仕上げてカウンターに置いた。

「さっちゃん、諏訪泉《すわいずみ》、ぬる燗《かん》で二合。グラス二つね。それと、次は焼きネギ鍋ちょうだい」

康平は生ビールの残りを飲み干すと、万里相手に講釈を始めた。

「諏訪泉はバニラや檜《ひのき》みたいな、青い風味があって、燗にすると滑らかさが増すんだ。焼きネギとか炊き合わせとか、穏やかな味の料理と良く合う」

そして大根サラダの青ネギを指さした。

「これも酒の持つ青い香りと共通するだろ。だからぬる燗の諏訪泉」

「なるほど」

万里は感心した顔で頷いた。料理と酒の取り合わせに関しては、康平に学ぶところが多い。

二三は太めの長ネギを半分に切ってグリルの火にかけた。六〜七分でこんがりと焼ける。焼ける間にだし汁を小鍋で煮立て、油揚げを細めに切った。焼いた長ネギは香ばしいだけでなく、旨味が凝縮して味も浸みやすくなる。出汁《だし》で煮ればトロリと甘くなり、ネギの甘味を吸った油揚げも更に美味しくなる。

「熱いから、気をつけてね」

皐がカウンターに鍋敷きを置き、グラグラと煮立つ小鍋を載せた。取り皿とレンゲ、そして七味唐辛子も添える。

「お好みでどうぞ」

康平も万里も、最初は何もかけずに口に入れた。

「はふ……」

万里は間の抜けた声を出して口を開いては閉じた。

「優しい味だなあ」

康平は溜息混じりに漏らし、燗酒を口に含んだ。

「こういうの食べると、ああ、日本料理って感じがする。なんつーか、引き算の美学だよね。余計なもんが何も入ってなくて、素材の美味さが十二分に出てさ」

「万里、お前、洒落たこと言うようになったじゃん。さすが料理人」

からかい気味に言った康平の前に、二三がぬっと顔を出した。

「万里君、初めて八雲の料理を食べたときからそう言ってたのよ」

「へえ。そうなんだ」

康平は少し感心した顔で万里を見直した。

「やっぱ、お前、才能あるんだよ。料理人に向いてるんだ」

「気づくの遅いよ、康平さん」

万里は久しぶりにどや顔で胸を反らせた。

二人が料理と酒に舌鼓を打っている間に、二三は今日のハイライト、台湾オムレツの下ごしらえに取りかかった。牡蠣と干しエビ、切干し大根、バジル、フライドオニオンと、普通のオムレツとはまるで違う具材の詰まった料理だ。

初めて食べたとき、オイスターソースとゴマ油に中華を、要所で香るバジルと絞ったレモン汁にエスニックを感じ、二三は未体験の味にすっかり感動した。そして、例によってはじめ食堂でも出してみたくなった。初めて食べるお客が康平と万里になる。

「はい、お待ちどおさまでした。本日初お目見えの、牡蠣とバジルの台湾オムレツです」

焼き上がったオムレツの皿を置くと、康平と万里は目を凝らし、鼻をヒクヒクさせた。

「おばちゃん、これ、中華、それともエスニック？」

「どっちとも言えないわ。曰《いわ》く言い難い味」

康平は難しい顔で腕を組んだ。

「う〜ん。そんじゃ、鍋島《なべしま》二合。冷やで」

「その心は？」

万里が興味津々で康平の顔を覗き込んだ。

「柔らかな甘味を基調に、豊かな酸が利いている。メロンのような香気で後口はすっきり、切れが良い。酸が油を切るから、揚げ物やエスニックにも合う。現代人の食卓にはピッタリの酒だ」

「お見事」

万里は大袈裟に柏手《かしわで》を打ち、一礼してからオムレツに箸を伸ばした。

「……うま。オムレツっつーか、お好み焼きっぽいかも」

「これ、山手《やまて》のおじさんに出してみたら？」

「そうね。でも、おじさんは最近、ストレートに卵の味が分る料理が食べたいみたいなの。具が一種類だけのオムレツとか」

そう答えながら二三は、康平は果たして酒の説明をする時のように分り易く、自分の気持ちを瑠美に伝えているのだろうかと気になった。

ちょうどその時、入り口の戸が開いて山手政夫《まさお》が入ってきた。

「いらっしゃい、政さん」

一子が嬉しそうに声をかけた。以前は日参してくれた山手も、最近は週に一度か二度の来店になった。やはり後期高齢者になった影響だろう。

「いっちゃん、久しぶり。よう、珍しいな、万里。店はどうした？」

「今日は休み。でもおじさん、ランチは皆勤だよ」

「そうか。ま、頑張れよ。小生」

山手は機嫌の良い顔で皐を振り向いた。

「おじさん、卵の新メニュー、味見する？」

康平がオムレツの皿を指し示した。

「あんだ？」

山手は皿に目を向け、胡散臭《うさんくさ》そうな顔をした。

「牡蠣と干しエビと切干し大根とバジルとフライドオニオンの入った台湾風オムレツなの」

二三が説明を終わる前に、山手は顔の前で手を振った。

「やめとく。俺もいい年だ。今更新しい女に手を出すより、昔馴染みに裏を返してやる方が、粋ってもんよ」

皐と万里は「は？」と言いそうになったが、一子は大きく頷いた。

「その通り。さすが政さんだわ」

「だろ？　てなわけで、小松菜のお浸しとオムレツ。中身は任せるわ」

「マッシュルームで良い？」

二三が尋ねると、山手は鷹揚《おうよう》に頷いた。マッシュルーム炒めは柔らかい食感で、卵とよく合う。

「ところで康平、おっかさんの具合はどうだ？」

「まずまず。年内にギプスが取れると良いんだけどね」

「それでおめえ、クリスマスはどうすんだ？」

「何だよ、急に」

「おっかさんの怪我で瑠美先生と会ってねえんだろ。そんならクリスマスに二人でメシでも喰ったらどうかと思ってな」

余計なお世話とは思ったが、実は二三も山手と同じことを言いたかった。そして山手も真摯《しんし》に康平の幸せを願っているからこそ、つい言ってしまったのだ。

「心配してくれてありがとう」

康平も山手の気持ちが分っているから、イヤな顔をせずに素直に礼を言った。

「クリスマスイブに寿司屋《すしや》を予約したんだ。ほら、洋食だと、クリスマス特別メニューとか出てくるじゃない。ああいうのは避けようってことで」

康平は「どうしてクリスマスにお寿司なの？」という質問を見越して、手回し良く説明してくれた。

「康ちゃんも政さんに劣らず、女心が分るわね」

一子が康平に微笑みかけた。

「先生、喜ぶわよ」

「だと良いけどね。世話になってるし」

康平も衒《てら》いのない笑顔を見せた。

クリスマスイブの土曜日、はじめ食堂は夜のみの営業だった。

居酒屋なのでクリスマス特別メニューなどないが、気は心で大分《おおいた》名物のとり天をメニューに載せた。数あるレシピの中で、衣をふんわり仕上げるバージョンを採用した。

店を開けると同時に、山手が駆け込んできた。

「おじさん、どうしたの？」

二三はすぐさま不審を感じた。山手の顔つきは普段のような、のんびりしたところがなかった。

「店の前を康平が血相変えて走ってんだ。瑠美先生が料理教室やってるビルに、男が立てこもったんだと。ニュース速報が入ったらしい。それで、心配だから現場に行ってくるって」

「まあ」

二三と一子は同時に声を上げた。

皐はパンツのポケットに入れたスマートフォンを取りだし、画面を開いて検索した。

「これじゃないですか？」

画面にニュース番組のライブ配信が映った。アナウンサーが「四谷駅付近の商業ビルに刃物を持った男が侵入し、店員の女性を人質にとって立てこもっている」という原稿を読み上げた。

「まさか……」

二三と一子は最悪の事態を予想して蒼《あお》くなったが、皐はきっぱりと首を振った。

「瑠美先生じゃないですよ。先生は有名人だから、事件に巻き込まれたなら、個人名が出るはずです」

「ああ、そうよね」

必ずしもそうとは限らないが、二三は皐の言葉を信じることにした。今ここで、それ以外に出来ることはない。

「ホッとしたら喉《のど》が渇いた。小生もらおうか」

山手はホッとした様子でカウンターに腰掛けた。

「ここで呑んでるうちに、康平から連絡があるかもしれねえ」

「こんばんは!」

入り口の戸が開き、元気の良い声が響いた。桃田《ももた》はなだった。後ろから訪問医の山下智《さとる》が続いた。

「まあ、先生、お久しぶりです」

山下も月に一度は顔を出してくれていたのが、十月からぱったり顔を見せなくなった。はなの説明によれば「先生のとこ、夜勤の出来る先生が二人同時に産休に入っちゃって、今、先生が週に六回夜勤やってんだって。休みも月に三回しかないって。だから、死にそうで呑みに行く時間ないんだって」とのことだった。

「もう、産休の先生が戻られたんですか？」

「いや、夜勤を引き受けてくれる先生が新しく一人来てくれたんです。それで今日は何とか……」

はなは早速山手の肩をポンと叩《たた》いた。

「おじさん、久しぶり。元気そうだね」

「よう、はなちゃん。クリスマスに再会できるたあ、キリストさんも粋なお方だ」

はなと山下も山手と並んでカウンターに腰を下ろした。

「先生、スパークリングワイン飲もうよ」

山下ははなのリクエストを断ったためしがない。今日もニコニコして頷いた。

「せっかくのクリスマスにご来店下さってありがとうございます」

二三はカウンターの中から声をかけ、素早く一子と皐に目配せした。三人とも、立てこもり事件のことは口にしないと、暗黙のうちに了解した。

「なるほど。ローストチキンの代りにとり天か」

メニューに目を通したはなが呟いた。

「はなちゃん、とり天頼もう。クリスマスだし」

「そだね」

はなと山下に囲まれて、山手も会話の輪に入り、ゆるやかに時が過ぎた。そして七時近くなった頃、山手のスマートフォンの着信音が鳴った。画面には康平の名が表示された。

「おう、どうした？」

声の調子から、悪い知らせでないことが窺《うかが》われた。通話を終えると、山手は右手でＯＫサインを作った。

「立てこもり男は別の階で、先生も生徒さん達も無事だそうだ。先生は警察の質問に答えるんで、もうちょっとかかるらしい。康平は先生の用事が終わるのを待って、一緒に帰ると」

二三と一子は同時にホッと溜息を漏らした。

「何かあったんですか？」

山下が尋ねた。隣ではなも怪訝そうな顔をしている。

「それがね、実は大変なことが……」

二三と一子は代わる代わる事情を話した。

その夜のニュースで、立てこもり男は八時過ぎに説得に応じて人質を解放し、大人しく逮捕されたと分った。

二三は安堵《あんど》すると同時に、この事件が康平と瑠美に良い刺激を与えたのではないかと考えた。

同じ頃、四谷の街を康平と瑠美が歩いていた。

瑠美は料理教室の生徒を帰宅させた後、責任者として警察に協力して事情聴取に応じていた。意外と長くかかり、署を出たときは八時半を回っていた。

「お疲れさん」

一階でエレベーターを降りたとき、待っている康平の姿を見て、瑠美は少し感動した。そして、とても心強かった。瑠美は改まってお辞儀をした。

「康平さん、今日は本当にありがとう」

「災難だったね」

「ええ。でも、怪我した人もいなくて幸いだったわ」

そこで留美は思い出した。

「そうだ、お寿司屋さん……」

「キャンセルした。いつまでかかるか分らなかったし。また、別の機会にしよう」

カウンターだけの小さな店なので、当日キャンセルはコース料金と同額になったが、康平はすっぱり諦《あきら》めた。瑠美が無事なら、安いものだ。

瑠美は康平の腕に腕をからませて歩道を歩いた。冬の冷たい空気が上気した頬に快かった。

「不謹慎だけど、こういうアクシデントって、生活のアクセントになると思うわ。実害がなかったからだけど、話のタネになるでしょ」

「そういや、そうだな。昔、後藤《ごとう》さんが失踪《しっそう》しちゃったことがあってさ。みんなで北朝鮮に誘拐されたんじゃないかとか、大騒ぎしたっけ」

二年半前に亡くなった後藤輝明《てるあき》は、山手政夫の幼馴染みで親友だった。

「結局、後藤さんは田中将大《たなかまさひろ》の大ファンで、アメリカで大リーグ観戦してたんだけどね」

二人は他愛もない会話を続けながら歩いた。そうしているうちにお互いの気持ちがどんどん近くなって行くのを感じていた。

「もしかして、俺が別居結婚に賛成したのは、瑠美さんに合せて無理してるからだって思ってない？」

「違うの？」

瑠美も素直な気持ちを口にした。

「多少はないこともないけど……でも、俺もその方が楽なんだ」

瑠美はじっと康平の横顔を見つめ、次の言葉を待った。

「何しろこの年まで親と暮らしてたからさ、生活習慣とか、それ仕様になってるんだよね。急に奥さんと二人で暮らすってことになると、色々戸惑うことも多いと思う。瑠美さんもそうでしょ？」

「ええ。でも、私はあくまで仕事の都合に合せてるから。康平さんは無理してるんだとばかり思ってた」

「先のことは分らないけど、当分、今のままで良いんじゃないかな。無理して生活を変えなくても」

瑠美は康平の腕に絡めた腕に力を込めた。

二人はいつの間にか四谷三丁目から、ＪＲ四谷駅にほど近いしんみち通りまで歩みを進めていた。

瑠美はしんみち通りを示す看板を見上げて、腹に手を当てた。

「お腹《なか》、空《す》かない？」

「空いている。ペコペコ」

二人ともまだ夕飯を食べていなかった。

「この先に、前にテレビで観《み》たおでん屋さんがあるんだけど、行ってみない？」

「いいよ。どんな店？」

「女将さんが一人でやってる、カウンターだけの小さい店。おでんの他に季節のお勧め料理があって、日本酒の品揃えも良いみたい」

「それは、そそられるなあ」

「それにね、その女将さん、元は有名な占師だったのよ」

「へえ」

「レディ・ムーンライトって知ってる?」

「全然」

瑠美は康平の腕を引っ張るようにして、しんみち通りを奥へと進んだ。路地が終わる少し手前に、めぐみ食堂という看板の小さな店があった。まだ新しい雑居ビルの一階で、隣は有名なうどんチェーン店だった。

「こんばんは」

暖簾《のれん》を分けて引き戸を開けると、L字型カウンターの向こうから、女将さんが「いらっしゃいませ」と挨拶《あいさつ》した。カウンターの上には料理を盛った大きめの皿が五つ並んでいる。

先客は五人で、席は半分空いていた。

「どうぞ、お好きなお席へ」

康平と瑠美は一番隅の席に腰を下ろした。女将さんがすぐにおしぼりを差し出した。

瑠美は先客の女性の前に、スパークリングワインのボトルが置いてあるのに目を留めた。

「あれはなんて言うお酒ですか?」

「サングレ・デ・トロという、スペインのお酒です」

「じゃ、それをグラスで二つください」

瑠美に代わって康平が注文した。瑠美はスパークリングワインが一番好きなのだ。

女将さんは髪を小さく束ね、地味な着物に白い割烹着《かっぽうぎ》を着て、化粧もごく控えめだった。それでも、かつて世間の注目を集めていた頃の輝きが、柔和な顔立ちの内側からにじみ出していた。

女将さんはスパークリングワインのグラスを二人の前に置くと、大皿料理を指し示した。

「左からタラモサラダ、小松菜と湯葉の中華炒め、卵焼き、菜の花の辛子和《あ》え、きんぴらゴボウです。お通し代わりにお出ししてるんですが、二品で三百円、五品全部で五百円になります」

「五品！」

康平と瑠美は声を揃えた。

「ここ、お勧め料理もなかなかね」

瑠美が壁のホワイトボードを見上げてそっと囁《ささや》いた。

甘エビ（刺身またはマヨネーズ和え）、自家製しめ鯖、自家製あん肝、ホタテ貝焼き、たらこ豆腐。

「どれも美味そうだな」

「でも、おでんも食べたいし」

大皿料理は素直な美味しさで、箸も酒も進んだ。二人は相談の末、しめ鯖とあん肝、ホタテ貝焼きを選んだ。

「ええと、次は日本酒にします。何が良いですか？」

「鶴齢《かくれい》の特別純米は如何《いかが》ですか？　柔らかな味ですが、酸ですっと切れ上がるので、しめ鯖やあん肝の脂に合います……と、酒屋さんが言ってました」

康平が嬉しそうにニヤリと笑った。

「確かに。それ、二合下さい」

「はい、畏《かしこ》まりました」

女将さんは鶴齢のデカンタとグラス二つをカウンターに置くと、しめ鯖とあん肝を用意した。

どちらも自家製だけあって、市販の品とはひと味違った。しめ鯖の酸味はごくあっさりしていて、醤油も良いが、塩と山葵《わさび》で食べると脂の乗った鯖の旨味がより引き立った。あん肝も非常にクリーミーで柔らかく、口に入れた瞬間にとろけそうだ。

「ホタテ焼きはお醤油とバター醤油、どちらがよろしいですか？」

「バター醤油！」

二人がまたしても声を揃えたので、女将さんは小さく微笑んだ。

「女将さん、おでんのおすすめは何ですか？」

「そうですねえ……全部、と言いたいところですけど、人気ベストスリーは牛スジと葱鮪《ねぎま》、それとつみれです」

「おでんになったら、喜久酔《きくよい》を二合下さい」

女将さんは「畏まりました」と答えて、殻付きのホタテをガス台の上の網に載せた。殻が開いた瞬間、醤油を垂らしてバターを載せたらどんな香りが漂うか、考えただけで康平は新たな食欲が湧《わ》いてきた。

「今日はなにか、取り込みがおありだったんですか？」

ガスの火加減を見ながら女将さんが訊《き》いた。

「ちょっとね。分ります？」

「お二人とも、何となくお疲れのようでしたから」

それから笑顔で付け加えた。

「でも、もう大丈夫。雨降って地固まるっていう感じがします」

康平と瑠美は互いの顔を見合わせ、小さく微笑んだ。有名な元占師の女将さんにそう言ってもらえると、得をした気分だった。

「来週はじめ食堂へ行って、このお店のこと、報告しましょうよ」

「そうだね。おばちゃん達、物見高いから喜ぶよ、きっと」

同じ時刻、店の暖簾をしまおうと表に出た二三はクシャミをした。噂話《うわさ》をされているとは知らず、空を見上げた。

冬の夜空には星がきれいに輝いていて、つい見とれそうになる。

「ふみちゃん、どうかした？」

店の中から一子が声をかけた。

二三は一子を振り返り、明るい声で言った。

「お姑さん、来年も良い年になるといいね」

食堂のおばちゃんの簡単レシピ集

皆さま、『聖夜のおでん　食堂のおばちゃん12』を読んで下さって、ありがとうございました。

万里《ばんり》君が卒業してしまったはじめ食堂ですが、新メンバー皐《さつき》ちゃんを迎えて、これからもみんなで力を合せ、工夫を凝らして、簡単で美味《おい》しくてお財布にも優しい料理を考えて参ります。

どうぞ、はじめ食堂の歩みを、これからも温かく見守ってやって下さい。

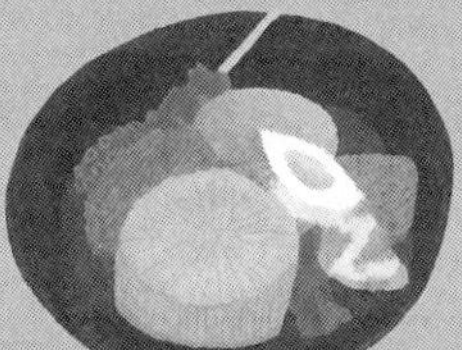

①四《し》川《せん》風《ふう》コブサラダ

〈材　料〉２人分

トマト２個　アボカド１個　卵（茹《ゆ》でておく）２個
ミックスビーンズ（ドライパック）50ｇ
鶏《とり》モモ肉《にく》１枚　塩少々　サラダ油大匙《おおさじ》１杯　粉山椒《こなざんしょう》適量
Ａ（ニンニク２分の１片　ゴマ油・酢　各大匙１杯　豆板醤《トウバンジャン》・砂糖・塩　各小匙１杯）

〈作　り　方〉

●Ａのニンニクはすりおろす。面倒ならチューブでもＯＫ。
●Ａは混ぜておく。
●トマトは乱切り、アボカドは皮を剝《む》いて２センチの角切りに、茹で卵は殻を剝いて８等分に切る。
●鶏肉は身の側に２センチ間隔で切り込みを入れ、両面に塩を振ってよく揉《も》み込む。
●フライパンにサラダ油を引き、弱めの中火で熱して、鶏肉の皮目を下にして入れ、ヘラなどで押しつけながら１分ほど焼く。ヘラを外して更に４～５分焼き、焼き目が付いたら裏返して２分ほど焼く。焼き上がった鶏肉を2センチ角に切る。
●器に具材をすべて盛り、Aをかけ、仕上げに粉山椒を振る。

〈ワンポイントアドバイス〉
☆サラダとはいえ内容もボリュームもたっぷりで、メイン料理にしても。

②チョップドサラダ

〈材　料〉2人分
マグロ（サク）150g　オクラ4本　長芋100g　キムチ50g
納豆1パック　サニーレタス3～4枚
A（コチュジャン大匙1杯　醤油《しょうゆ》大匙2分の1杯　おろしニンニク小匙1杯
おろし生姜《しょうが》少々　黒ゴマ適量）

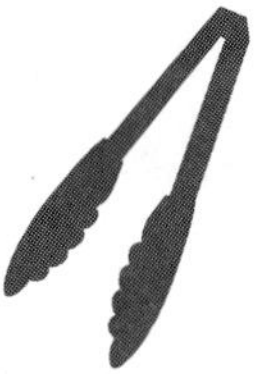

〈作　り　方〉

●Aをよく混ぜ合わせる。

●マグロは2センチ角に切り、Aを絡めておく。

●オクラはさっと茹でて1・5センチ幅に切る。

●長芋は皮を剝いて2センチ角に切る。

●キムチはざく切りにする。

●サニーレタスは手で千切る。

●納豆は混ぜておく。

●器にすべての具材を盛り、食べる直前に混ぜ合わせる。

〈ワンポイントアドバイス〉

☆甘みがありつつピリ辛のマグロ、脇《わき》を飾るネバネバ食材、納豆とキムチの発酵《はっこう》パワーで、何にでも合うボリュームサラダです。酒や白米、麵《めん》と合わせても。

③タコとトマトのカッペリーニ

〈材　料〉2人分

カッペリーニ150g　茹でダコ足2本　トマト1個　玉ネギ4分の1個
ニンニク2分の1片　塩レモン適量　胡椒《こしょう》少々
白ワインビネガー大匙1杯　オリーブオイル大匙3～4杯

〈作り方〉

●トマトは1センチ角、タコは小さめの一口大に切る。
●玉ネギはみじん切りにして水に晒《さら》し、水気を絞る。
●ニンニクはすりおろす。
●トマト、タコ、玉ネギを容器に入れ、塩レモンと白ワインビネガー、おろしニンニクと混ぜ合わせて冷蔵庫で冷やす。
●カッペリーニは袋に表示してある時間より1分ほど長く茹でる。
●茹で上がったらザルにあけ、冷水に晒してからよく水気を切る。
●カッペリーニをオリーブオイルで和え、冷蔵庫で冷やしておいた具材と混ぜ合わせる。

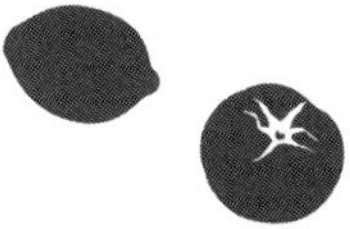

●器に盛って、胡椒を振る。

〈ワンポイントアドバイス〉

☆塩レモンは今は市販品もスーパーで買えますので、手作りが面倒な方は是非。

☆カッペリーニはイタリアの素麺でしょうか。暑い夏に、冷たいパスタをお試し下さい。

④鰻素麺《うなそうめん》

〈材　料〉1人分

鰻の蒲焼《かばや》き100g　素麺3束　トマト1個　キュウリ1本　大葉4枚

温泉卵2個　日本酒小匙1杯　めんつゆ（市販のもの）適量

〈作　り　方〉

●鰻は1センチ幅に切り、日本酒を振りかけてから電子レンジ600Wで1分加熱する。

●トマトは４等分に切り、キュウリと大葉は千切りにする。
●素麺を茹で、冷水で洗って水気を切り、器に盛る。
●素麺の上に鰻、トマト、キュウリ、大葉、温泉卵を飾り、市販のめんつゆをかけ回す。

〈温泉卵の作り方〉
●耐熱の器（深さのあるもの）に水を３センチくらい張り、卵を割り入れ、破裂を防ぐために卵黄につまようじ等で穴をあけてから電子レンジ６００Wで40秒くらい加熱する。卵が生っぽかったら水を足し、好みの固さになるまで加熱する。
●水を捨てて卵だけを取り出せば温泉卵の出来上がり。

⑤オクラのロールカツ

〈材　料〉２人分

オクラ５本　塩適量　豚ロース肉薄切り10枚（約２００～３００g）

A（粗挽《あらび》き黒胡椒小匙２杯　塩小匙４分の１杯）

B（小麦粉・水・マヨネーズ　各大匙２杯）

C（ベビーリーフ適量　レモン半個　ミニトマト４個）

マヨネーズ大匙２杯　パン粉・サラダ油・粗挽き黒胡椒　各適量

〈作　り　方〉

●オクラはガクの周りの固い部分を剝いて塩を振り、表面をこすってうぶ毛を取り除いてから、水洗いして縦に１本切れ目を入れる。

●豚肉は２枚を重ねて広げ、マヨネーズの５分の１（大匙２杯のうち）を塗り、Aの５分の１を振って下味を付ける。同じものを５枚作る。

●下処理したオクラを１本、下味を付けた豚肉で巻く。同様にして５本作る。

●Bをよく混ぜ合わせてオクラを巻いた肉に塗り、パン粉をまぶし、170~180度の中温に熱したサラダ油に入れ、4~5分揚げる。パチパチと水分のはぜる音が静かになるのが、火が通った目安。

●油を切って食べやすい大きさに切る(D)。

●器にDを盛り付け、Cを添え、好みで粗挽き黒胡椒を振る。

〈ワンポイントアドバイス〉

☆黒胡椒のピリッとした刺激と香りで、暑い夏でも食が進みます。ビールのお供にピッタリかも。

⑥豚肉とピーマンの醬油炒め（とんピー）

〈材　料〉２人分

ピーマン（中）８個　豚コマ３００g

醬油大匙２杯　日本酒・塩・七味唐辛子《しちみとうがらし》　各適量　サラダ油大匙２杯

〈作　り　方〉

●ピーマンは種《たね》を取ってざく切りにする。

●中華鍋《ちゅうかなべ》（または大きめのフライパン）にサラダ油を引き、中火で熱したら豚コマを入れ、炒めながら酒と塩を振る。

●豚コマに火が通ったらピーマンを入れ、炒め合わせる。

●醬油を加えて混ぜ合わせ、仕上げに七味唐辛子を振る。

〈ワンポイントアドバイス〉

☆豚（とん）とピーマンでとんピー。母がよく作ってくれた〝おかず〟です。ご飯が進みます。

私はとんピーのお陰で苦手だったピーマンが好きになりました。

⑦キノコのオムレツ

〈材　料〉２人分

卵４～６個　マッシュルーム１パック　塩・胡椒　各適量
バター20g　オリーブオイル大匙２杯

〈作り方〉

●マッシュルームは石突《いしづ》きを取り、スライスする。
●フライパンにオリーブオイル大匙１杯を入れて火にかけ、マッシュルームを炒め、塩・胡椒を振る。
●ボウルに一人分のオムレツの卵を割り入れ、塩・胡椒を振って溶き合わせたら、炒めたマッシュルームの半量を加える。
●フライパンを火にかけ、オリーブオイル大匙１杯とバター10gを入れて馴染《なじ》ませ、ボウルの中身を入れて、オムレツを作る。もう１人前も同様に。

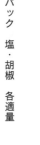

〈ワンポイントアドバイス〉

☆キノコと卵は相性が良く、トリュフの産地の家庭料理は、トリュフ入りのオムレツだそうです。マッシュルームのツルリとした食感も、オムレツの具材にピッタリです。一度お試し下さい。

⑧キノコのみぞれ鍋

〈材　料〉２人分

しいたけ・しめじ・エノキ・舞茸《まいたけ》・なめこ　各１パック
長ネギ１本　大根２分の１本　豆腐１丁　柚子皮《ゆずかわ》２分の１個分
出汁《だし》４カップ　酒・薄口醤油　各４分の１カップ

〈作　り　方〉

●キノコ類は石突きを取り、食べやすい大きさにほぐす。
●長ネギは斜め切りにする。

●大根は皮を剝いておろす。
●豆腐は１丁を６等分に切る。
●鍋に出汁と酒、薄口醬油を入れて沸かす。
●豆腐とネギ、キノコ類の順に鍋に入れ、火が通ったら大根おろしを水を切って入れ、最後に柚子の皮をすりおろして香りを付けて出来上がり。

〈ワンポイントアドバイス〉

☆柚子皮のすりおろしはお好みでどうぞ。なくても構いません。
☆鶏肉や豚肉を入れるレシピもありますが、ここでは思い切りキノコの味を楽しんでいただくために、省きました。
☆三十数年前、今はない銀座の郷土料理屋さんで食べた料理です。

⑨明太《めんたい》じゃがバター

〈材　料〉２人分

新じゃが（中）４個　バター15ｇ　辛子明太子2分の1腹

塩・胡椒　各適量　パセリみじん切り適量（お好みで）

〈作　り　方〉

●バターを常温に戻し、薄皮を取った辛子明太子と混ぜ合わせ、塩・胡椒で味を調える（A）。

●新じゃがは良く洗い、一個ずつラップでくるみ、電子レンジ６００Wで４～５分加熱する。

●充分柔らかくなったらラップを外し、上部に切り込みを入れる。

●熱々の新じゃがの切れ目にAを押し込み、お好みでパセリのみじん切りを散らす。

⑩焼きうどん

〈材　料〉２人分

うどん２玉　豚バラ肉１００g　キャベツ３〜４枚
塩・胡椒　各少々　オリーブオイル大匙１杯　かつお節適量
Ａ（規定通りに薄めためんつゆ大匙２杯　オイスターソース大匙２杯）

〈作り方〉

●豚肉とキャベツは食べやすい大きさに切る。
●うどんは茹でて、冷水で洗い、水気を切る。
●中華鍋（または大きめのフライパン）にオリーブオイルを入れて中火で熱し、豚肉とキャベツを炒めて塩・胡椒を振る。
●茹でたうどんを入れて炒め合わせ、Ａで味付けする。
●皿に盛り、仕上げにかつお節を載せる。

〈ワンポイントアドバイス〉

☆めんつゆとオイスターソースの組み合わせは相性が良く、ソース味の焼きうどんとは違った美味しさが楽しめます。

⑪鶏つくねのパクチー鍋

〈材　料〉２人分

鶏ひき肉（モモ）３５０g　A（塩小匙２分の１杯　長ネギ１本　卵１個
おろし生姜小匙１杯　醤油小匙１杯　片栗粉《かたくりこ》大匙２杯　酒大匙２分の１杯）
ゴボウ３分の１本　パクチー２束　鶏ガラスープの素《もと》大匙３杯　水１０００〜１５００cc

〈作り方〉

●Aの長ネギは小口切り、ゴボウは笹《ささ》がきにする。
●パクチーは食べやすい大きさに切る。
●ボウルに鶏ひき肉とAを入れ、よく混ぜ合わせてつくねを作る。
●鍋に水と鶏ガラスープの素を入れ、ゴボウの笹がきと鶏肉のつくねを入れて火を通す。
●仕上げにパクチーを入れ、ひと煮立ちしたら出来上がり。

〈ワンポイントアドバイス〉

☆パクチーが苦手な方はセリでお試し下さい。
☆つくねをきれいに丸めるのが面倒だったら、スプーンですくって鍋に落とすだけでもまとまるので、大丈夫です。
☆これは小鍋立てのレシピなので材料を絞りましたが、他に豆腐や白菜、キノコ類を入れても美味しいですよ。

⑫めぐみ食堂のおでん

〈材　料〉2人分
昆布10センチ　かつお節ひとつかみ　鶏ガラ一羽分
酒・塩・薄口醤油　各適量　市販のおでんダネ（お好みで）

〈作　り　方〉
●昆布と水を容器に入れて一晩漬けておく。
●鍋に水を張り、丁寧にアクを取りながら鶏ガラを茹でる（A）。

●別の鍋に水を張り、昆布と漬け汁を加えて火にかける。
●沸騰《ふっとう》したら昆布を取り出し、かつお節をひとつかみ入れる。
●かつお節の香りが立ったらザルで漉《こ》し、出汁の出たかつお節を取り除く（B）。
●AとBを一つの鍋に入れ、火にかけて酒を加え、塩と薄口醤油で味を調える（C）。
●Cの汁でおでんダネを煮れば、それはめぐみ食堂のおでんです。

〈ワンポイントアドバイス〉

☆おでんは市販のタネを出汁で煮れば出来る、とても簡単な料理です。そして、今はおでんの出汁さえ市販されています。皆さんも寒い季節になったら、家でおでんを作ってみて下さい。
☆出汁を取った後の鶏ガラに、塩・胡椒を振って食べると、とても美味しいですよ。

最後にひと言

お気づきの方もいらっしゃるでしょうが、本書『聖夜のおでん』には、私のもう一つのシリーズ「婚活食堂」の主人公も登場します。

どちらのシリーズも酒と食を扱っていますので、これから先も、本文のどこかに別シリーズのお店やキャラクター、名物料理が出てくるかも知れません。

皆さん、楽しみにしていて下さいね。

ハルキ文庫

や 11-14

聖夜《せいや》のおでん　食堂《しょくどう》のおばちゃん⑫

著者　山口恵以子《やまぐちえいこ》

2022年7月18日第一刷発行

発行者　角川春樹

発行所　株式会社角川春樹事務所
〒102-0074 東京都千代田区九段南2-1-30 イタリア文化会館

電話　03(3263)5247(編集)
03(3263)5881(営業)

印刷・製本　中央精版印刷株式会社

フォーマット・デザイン　芦澤泰偉
表紙イラストレーション　門坂 流

ISBN978-4-7584-4503-0 C0193 ©2022 Yamaguchi Eiko Printed in Japan
http://www.kadokawaharuki.co.jp/[営業]
fanmail@kadokawaharuki.co.jp[編集]　ご意見・ご感想をお寄せください。